带着诗歌上街去

take poetry to the street

隔花人 著

浙江人民出版社

目录

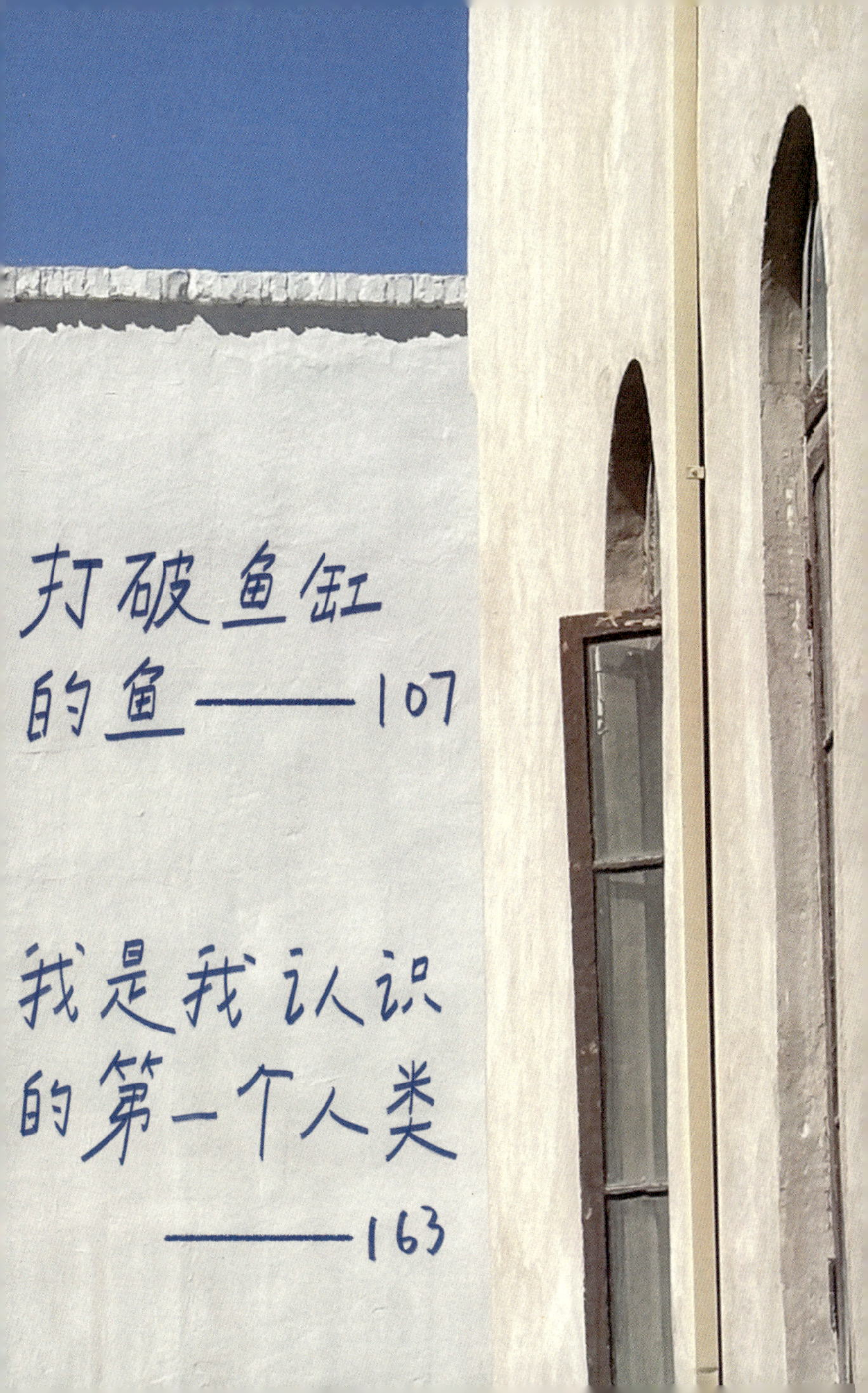

人类出现之前，自然没有高楼。高楼与高楼之间，就是街道。街道划分左右，森林没有性别。

森林没有性别——

理想主义

今年春天
减去去年春天
等于一个完整的我
我不长叶子
不想开花
也不必要什么结果

暗恋
风，突然拦住我
塞给我一片刚结的叶子
就害羞地跑掉了

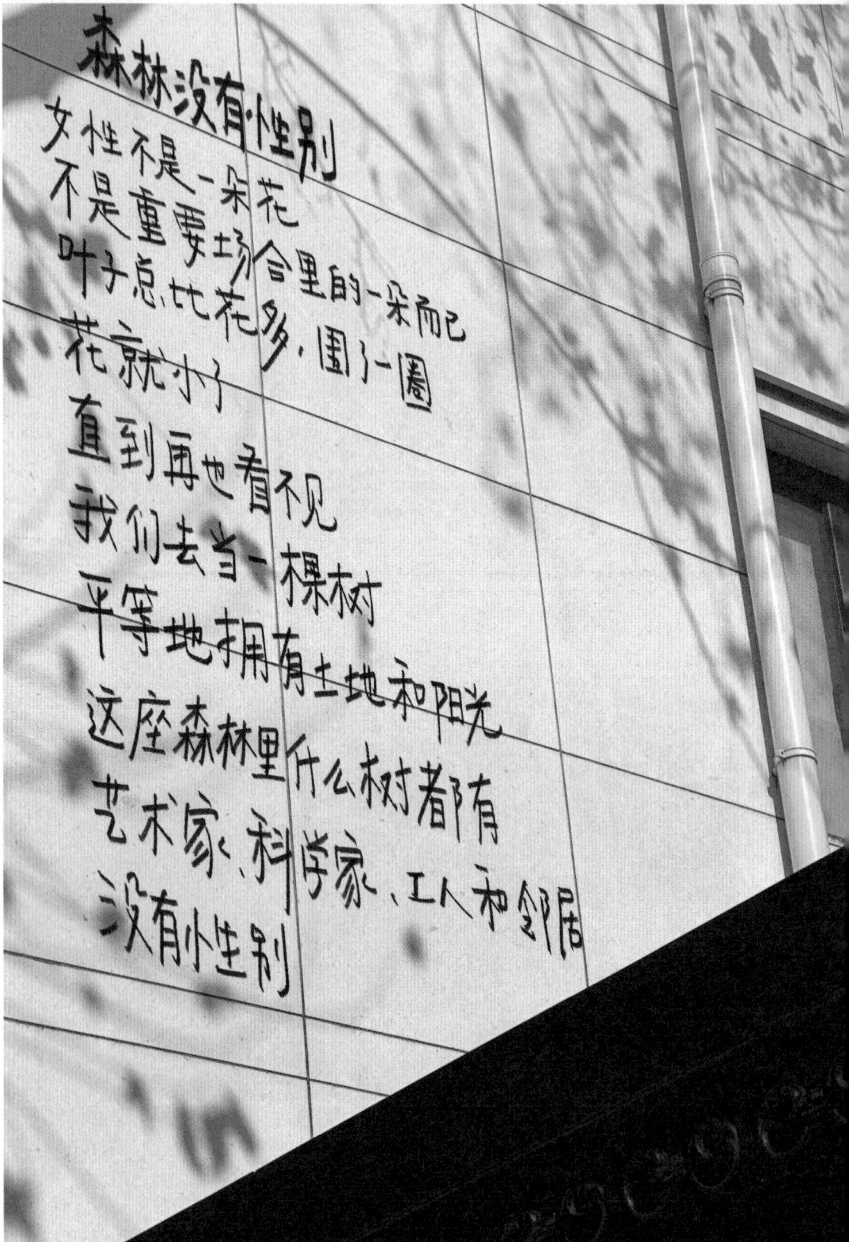
森林没有性别
女性不是一朵花
不是重要场合里的一朵而已
叶子总比花多，围了一圈
花就小了
直到再也看不见
我们去当一棵树
平等地拥有土地和阳光
这座森林里什么树都有
艺术家、科学家、工人和邻居
没有性别

森林没有性别

女性不是一朵花

不是重要场合里的一朵而已

叶子总比花多，围了一圈

花就小了

直到再也看不见

我们去当一棵树

平等地拥有土地和阳光

这座森林里什么树都有

艺术家、科学家、工人和邻居

没有性别

山
山，是地球的蚊子包
每个看见它的人
心里都痒痒的
想要翻过它，或绕开它
而我坐在它面前
当一棵树
用一片叶子来消肿

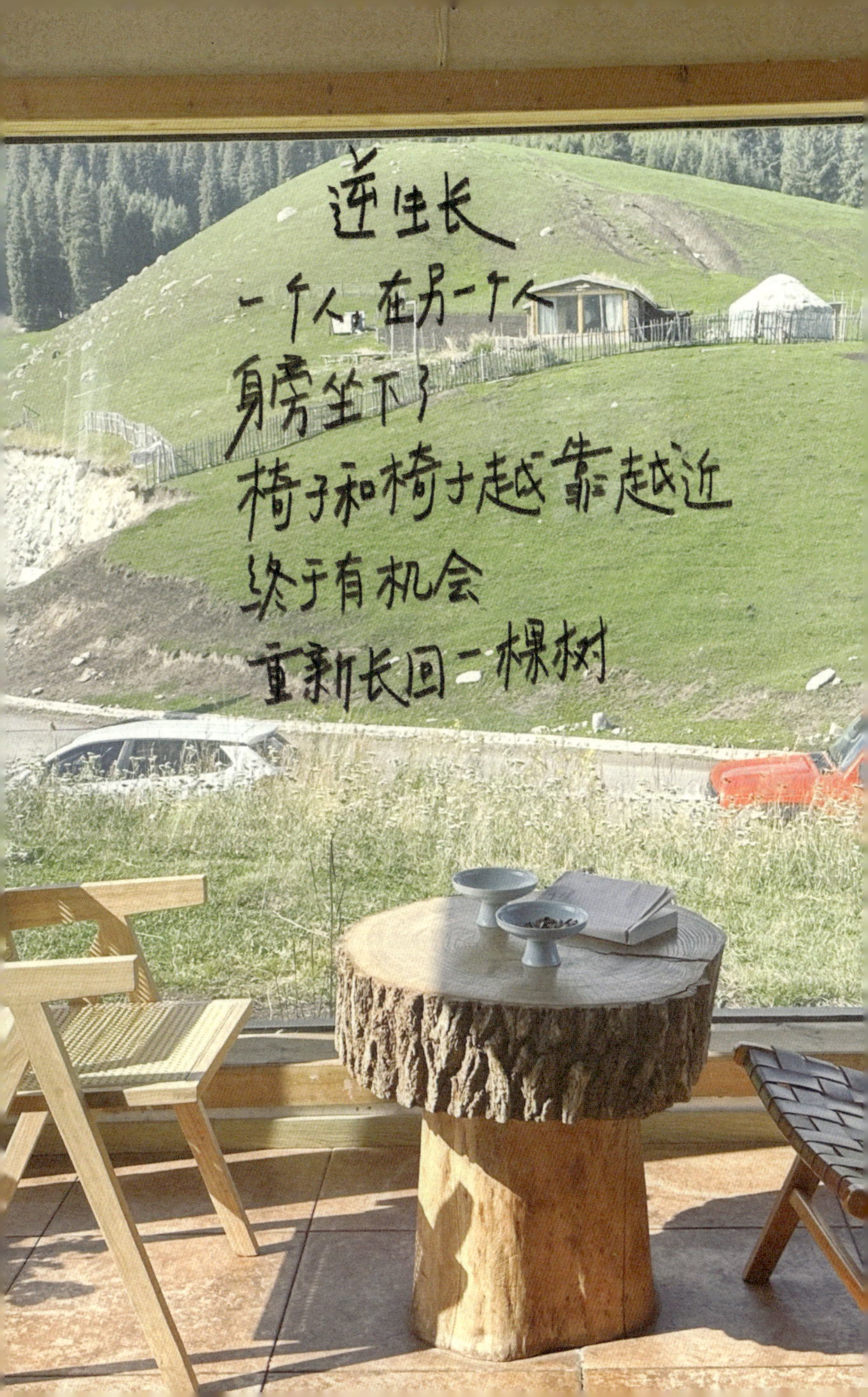
逆生长
一个人在另一个人
身旁坐下了
椅子和椅子越靠越近
终于有机会
重新长回一棵树

开开心
花想不开，也不会不开。

尽头
开花结果的不是树
而是时间

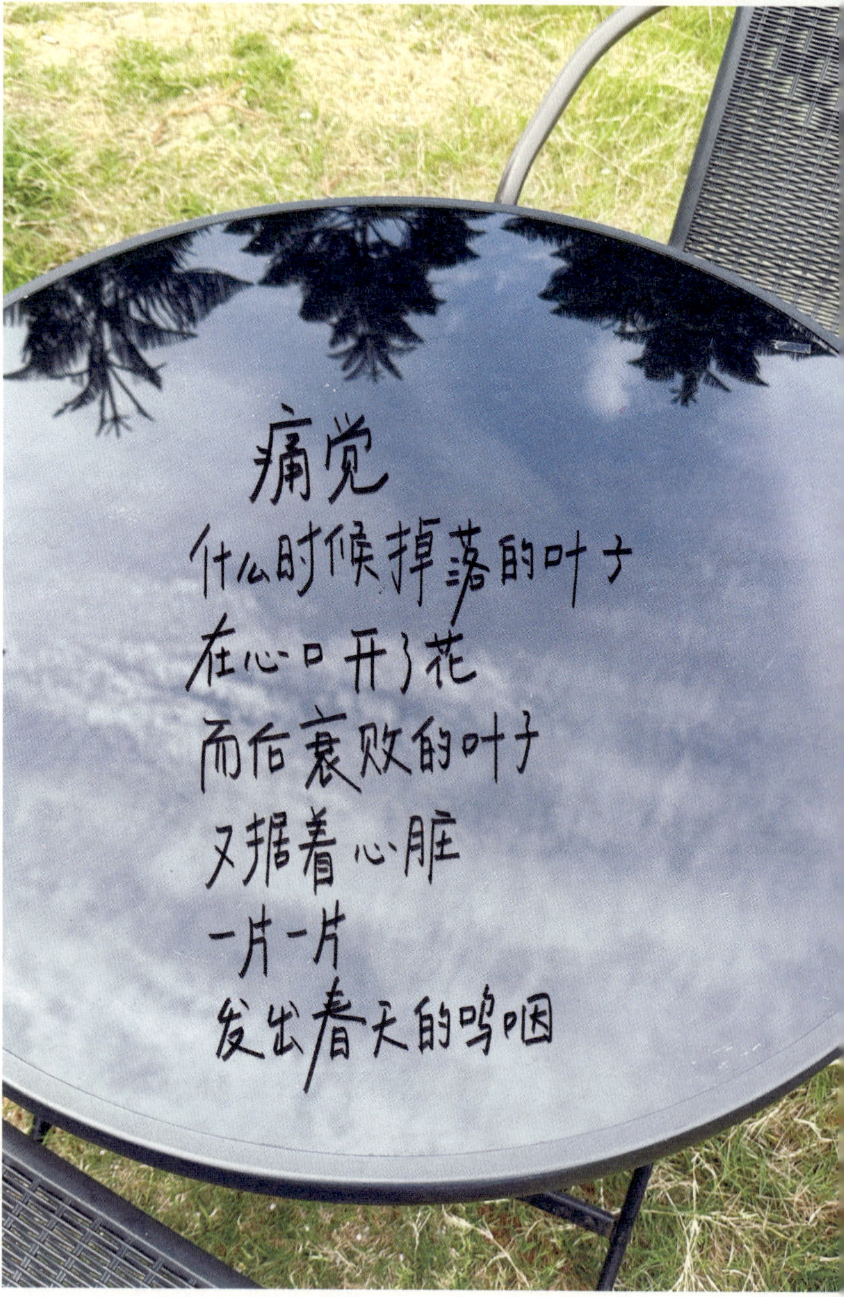
痛觉
什么时候掉落的叶子
在心口开了花
而后衰败的叶子
又据着心脏
一片一片
发出春天的呜咽

成年人手无寸铁，
心是唯一的冷兵器

我坐在童年门口
许多人问我：
他们之前住在这里
能不能进来看看
我说好的
这里无人看守
我也只是回来看看

世界未必有鲜花，
你也不用太听话

本该困住我的栅栏，
至今还是山上的树

月亮和太阳 进行漫长的复仇
误伤了 第三人称的黑夜

树枝会夭折，花会枯萎，
可我是春天本身
一次次苏醒在绝境之门

阳光是我的恩人，
我每次出门，
都是在报恩

童年使我溺水，
又解我一生的渴

命运是一面镜子，
它必将听从于我

拖延到明天就行
明天的事
谁也不知道

当一只风筝，
随时和世界断联

愿者上钩

星星，是天空

垂钓的鱼饵

引无数人抬头

夏日由来
每年六月
毕业生供给的热情
让七八月
成为了夏天

不用复习的夏天，复习了所有夏天
——暑假作业

放飞
我穿上宽松的衣服
跑进风里
当一只风筝
随时和世界断联

浪迹
海浪，拍打岸边无数下
是为了给看海的人
鼓鼓掌

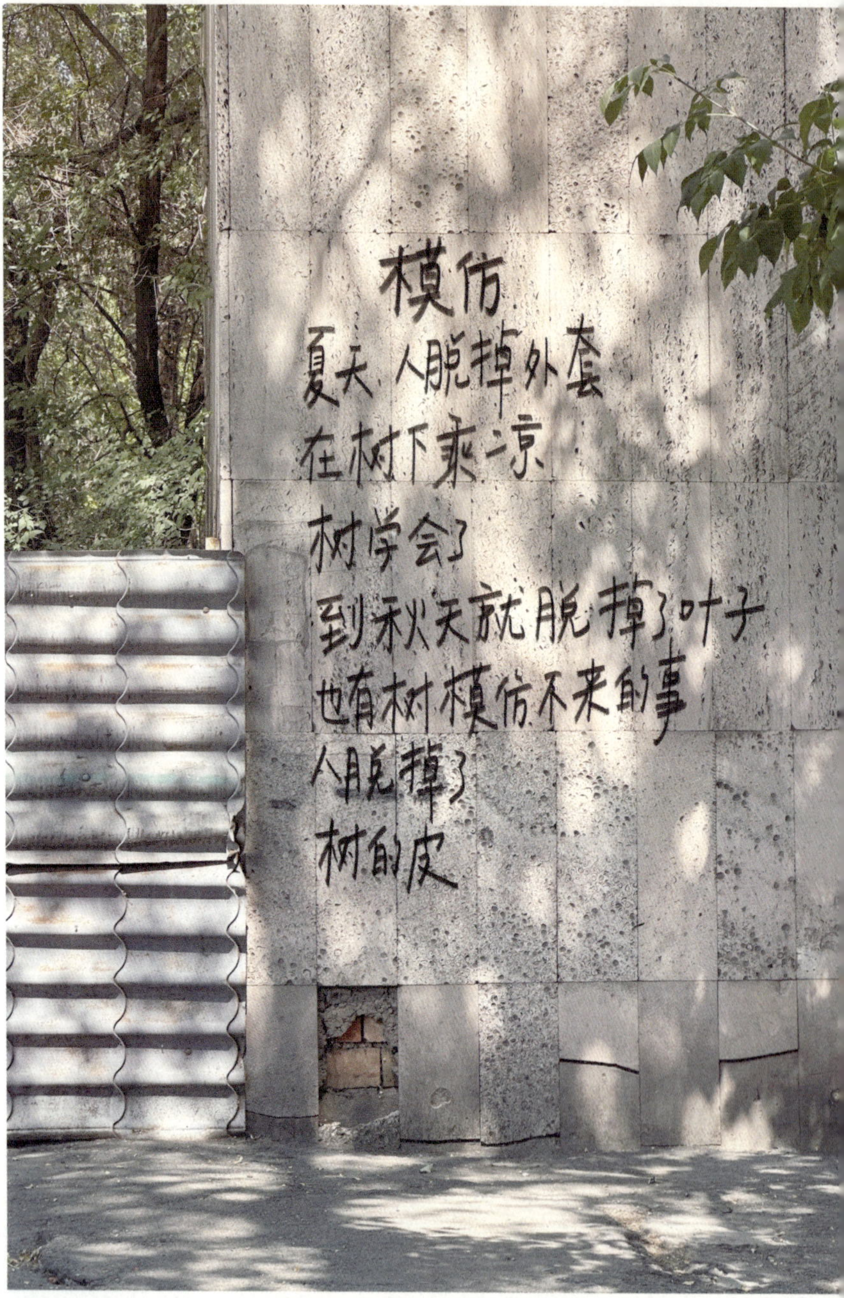
模仿
夏天 人脱掉外套
在树下乘凉
树学会了
到秋天就脱掉了叶子
也有树模仿不来的事
人脱掉了
树的皮

模仿

夏天，人脱掉外套

在树下乘凉

树学会了

到秋天就脱掉了叶子

也有树模仿不来的事

人脱掉了

树的皮

行动表达
我说夏天是西瓜
是阵雨，是一树的蝉鸣
你不相信
我只好拥抱你
交换一个夏天的定义
CY 101

熟人礼貌
我们在大街上遇到
说完"你好"
又立马说了"再见"

拥抱
我遇见你了
像一阵风撞见了另一阵风
明明要往各自的方向吹
却停下来
拥抱成一团空气

那只鸟飞到我手上
当我紧握拳头
手是鸟笼
当我松开手掌
手是树枝

共存
阳光，是我的恩人
我每次出门，都是在报恩

另一面
窗外的树
一半绿，一半黄了
有些事就是这样
黄了，也好看

果腹

我们青涩地入座

一个饥饿的秋天

吃掉所有结果

果腹
我们青涩地入座
一个饥饿的秋天
吃掉所有结果

冠名权

雪就是雪
不是花
它如此单纯
请别剥夺它的名字

冠名权

雪就是雪

不是花

它如此单纯

请别剥夺它的名字

发明
是花让容器成为花瓶
是你将荷尔蒙命名为爱情

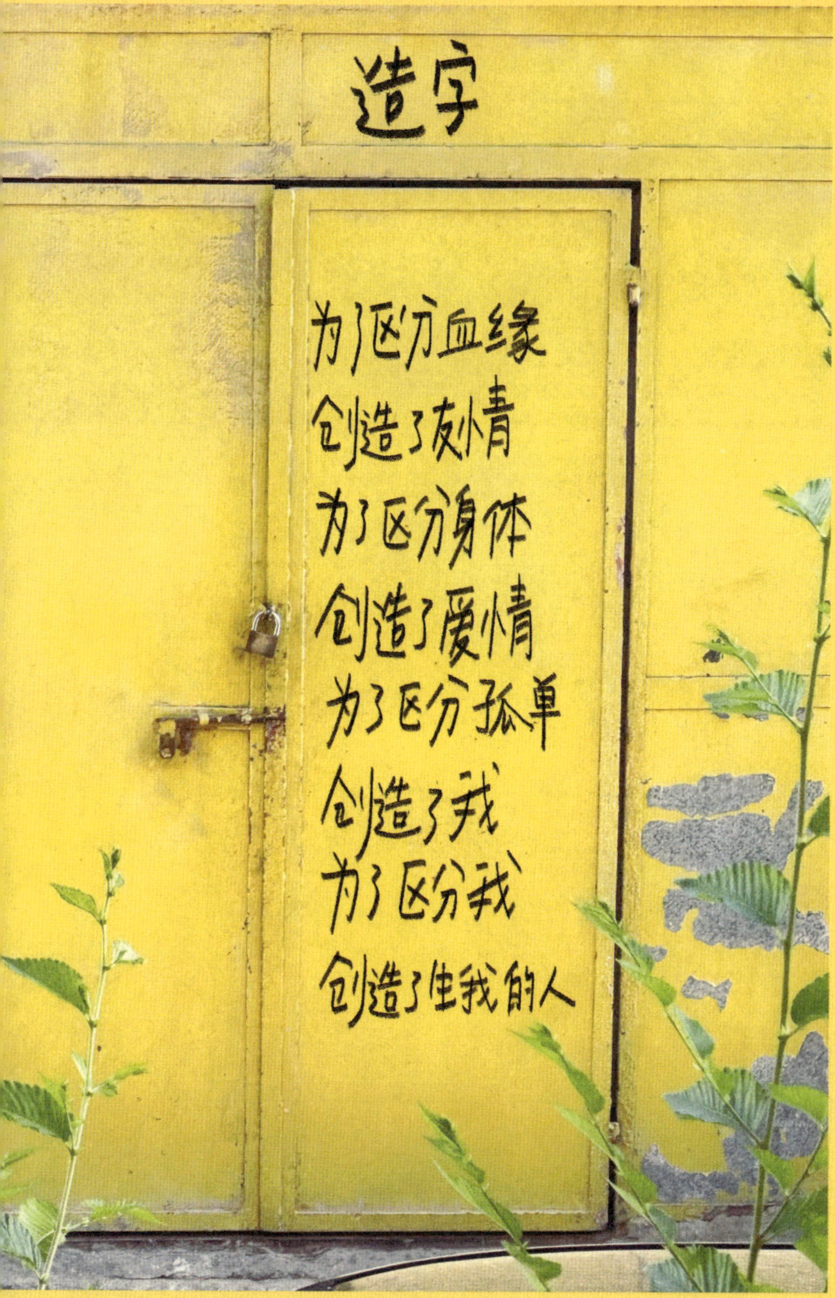
造字
为了区分血缘
创造了友情
为了区分身体
创造了爱情
为了区分孤单
创造了我
为了区分我
创造了生我的人

挥手
天空没有提问
枯枝却举起了手
我们空空地站在时间里
错把告别当成了疑问句

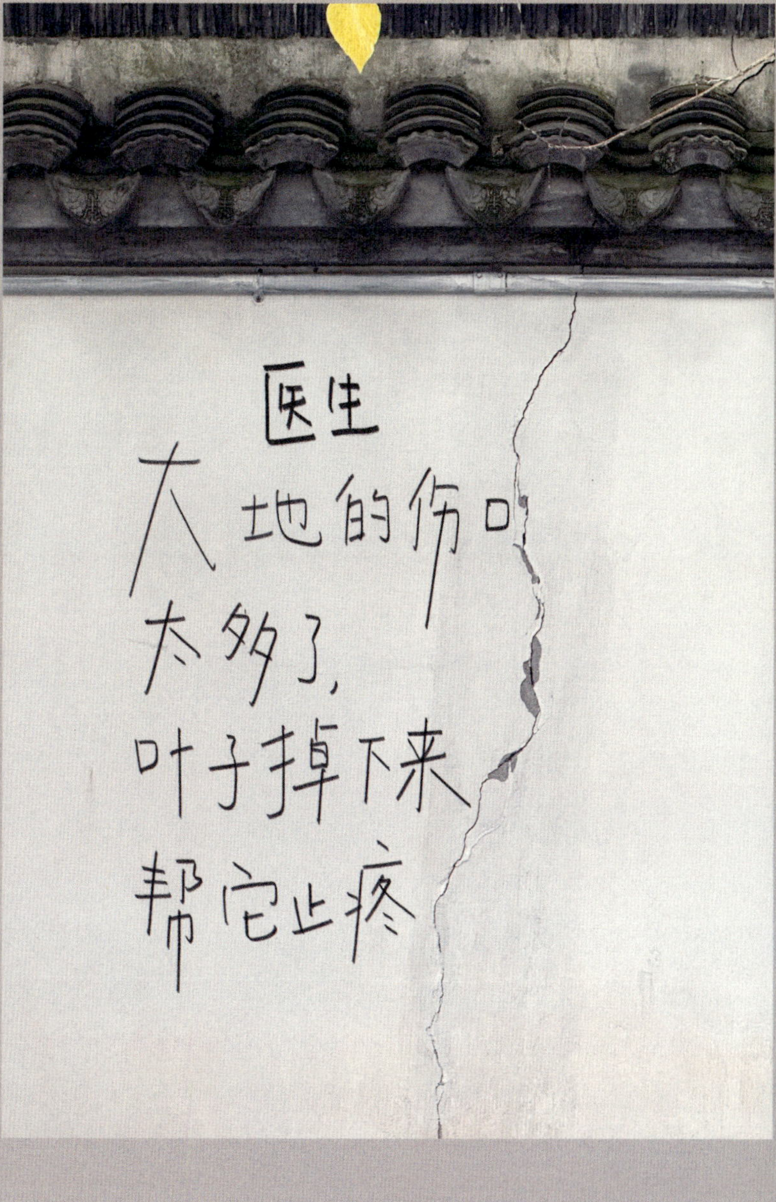
医生
大地的伤口
太多了，
叶子掉下来
帮它止疼

怪月亮

挂念人太辛苦

不如学月亮挂树上

挂不住了

就掉到海里去

9.700
9.100
怪月亮
挂念人太辛苦
不如学月亮挂树上
挂不住了
就掉到海里去
4.700

探险家
我们平等地将海一分为二
用眼睛装着
其余的身体是陆地

敏感根源
你伸出的橄榄枝
可能是我的刺
宽宏大量的森林
请允许我种植

书上说：
一朵云重五十万公斤
那我至少要和一万个人拥抱
才能飞到天上去
——人造云

飞行
我们看不清 云
是因为云挡 着云
几朵聚成一团 一朵又分出几簇
聚散原来是 同时进行

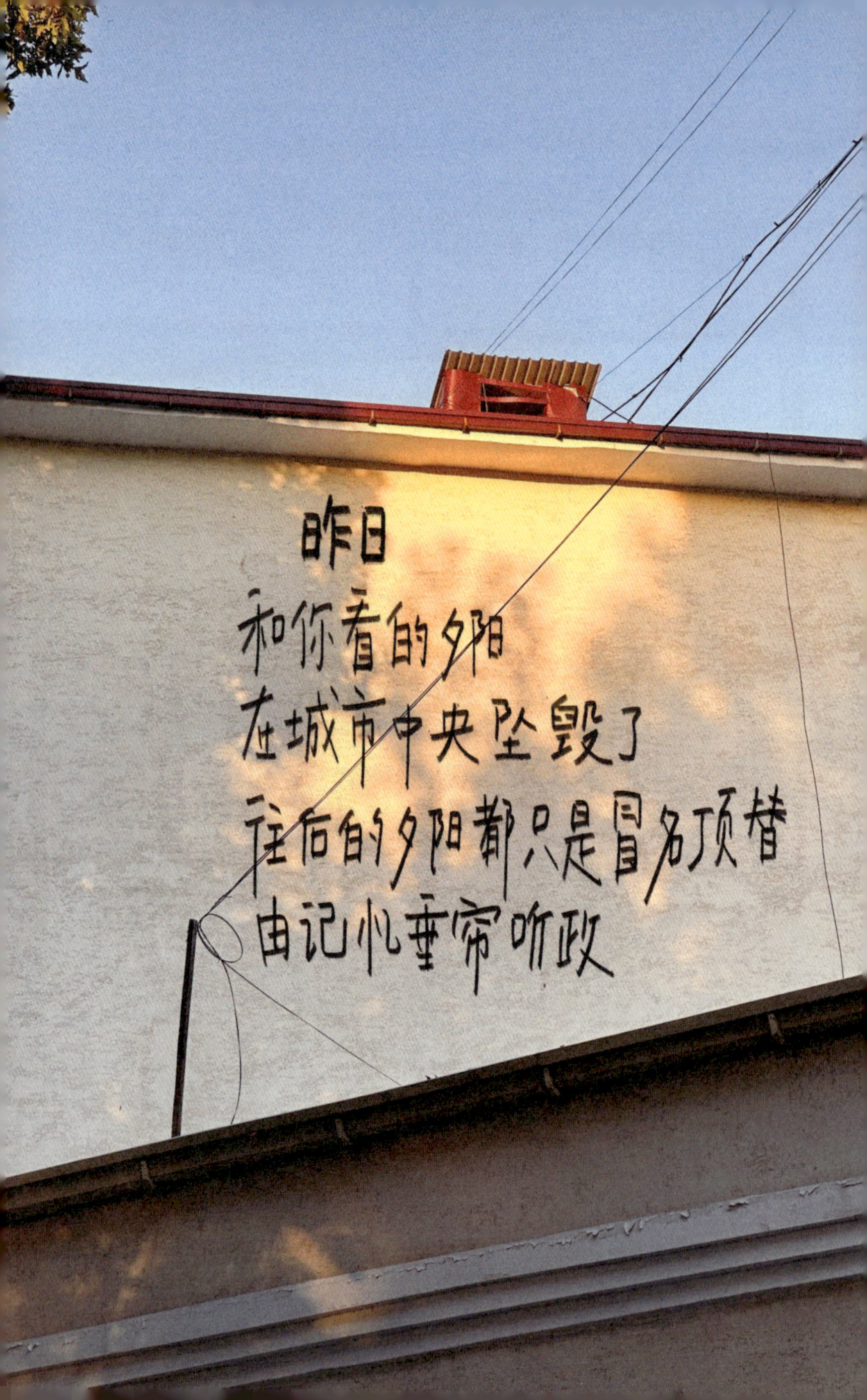
昨日
和你看的夕阳
在城市中央坠毁了
往后的夕阳都只是冒名顶替
由记忆垂帘听政

保持距离
这样和星星独处的夜
我只能待一晚
所有美好，只因遥远
走近了，就容易看到星星的背面
是一块正在被时间打磨的石头

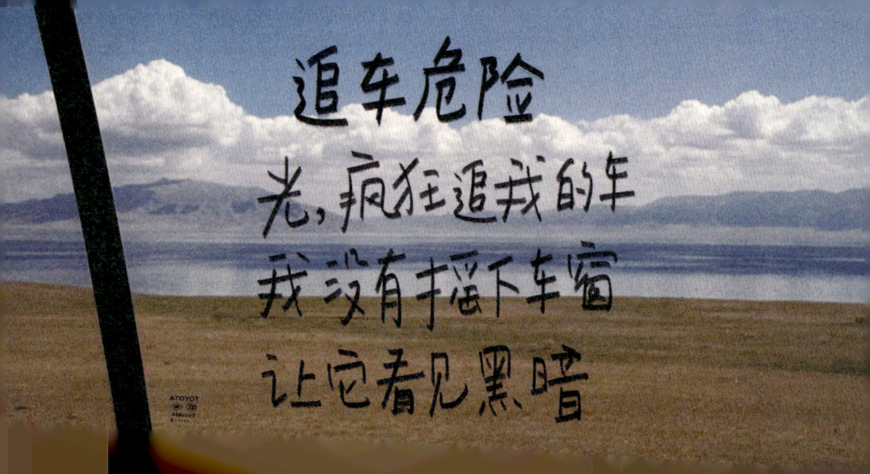
追车危险
光，疯狂追我的车
我没有摇下车窗
让它看见黑暗

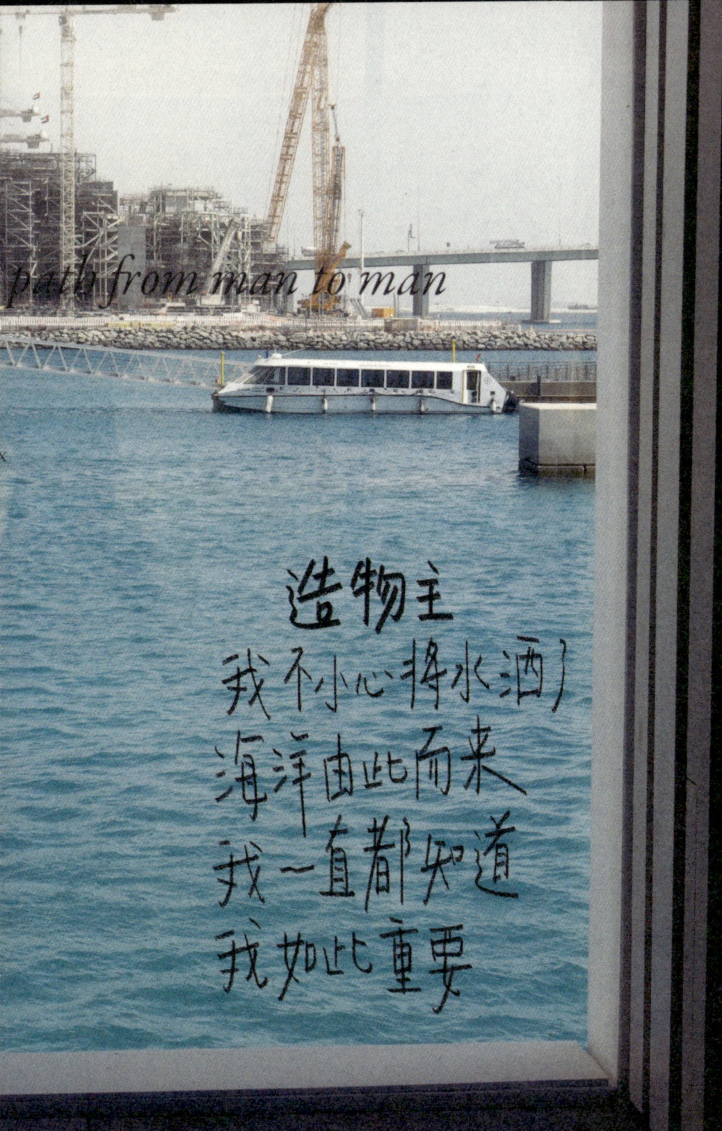
path from man to man
造物主
我不小心将水洒了
海洋由此而来
我一直都知道
我如此重要

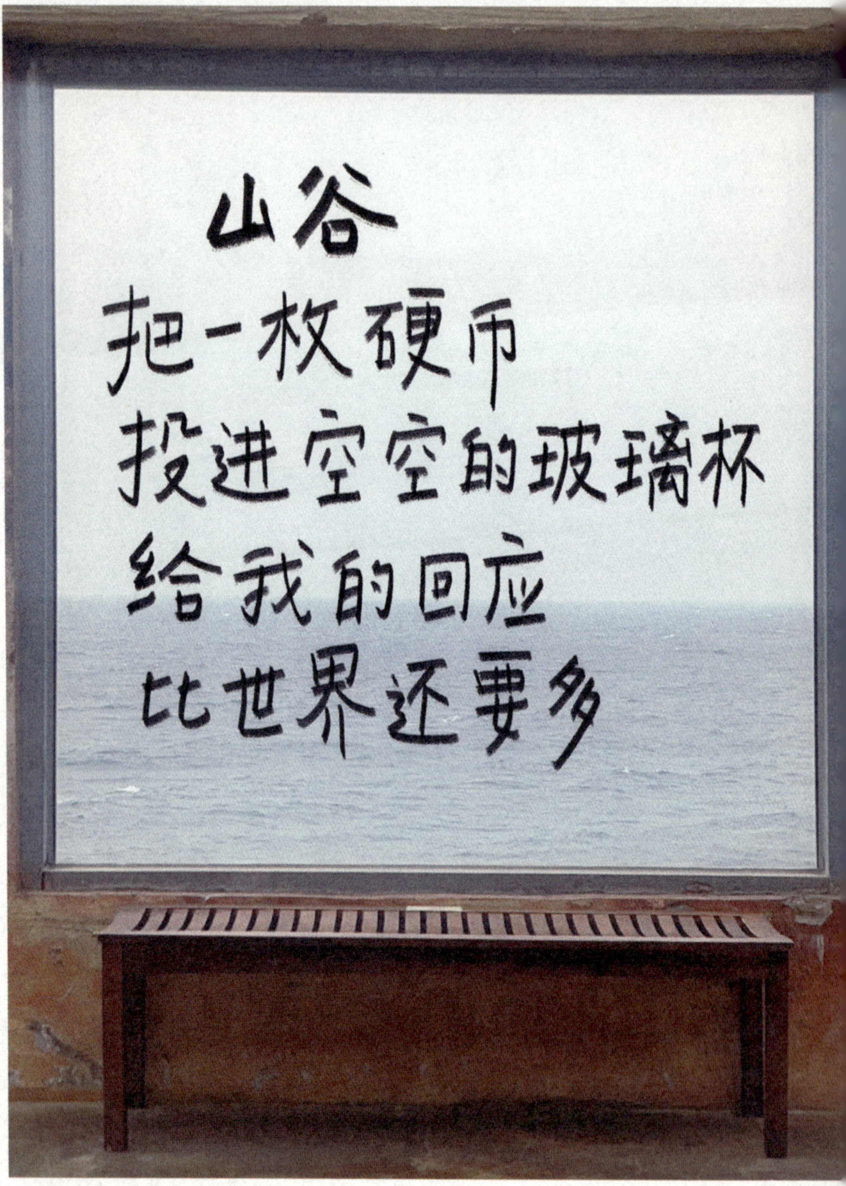
山谷
把一枚硬币
投进空空的玻璃杯
给我的回应
比世界还要多

偶遇
你走向我时
刮了一阵风
叶子哗啦啦掉了一地
我们来到
需要拥抱取暖的冬天

植物学家
像植物一样
呼吸和晒太阳
雨来时
我就是我的雨伞

达尔文
脚底板一定有
像树根一样的东西
否则我怎么会长高
当我停止长高
树根便越来越长
直到把我拽进土里

暗恋
站在路边
和一颗橘子谈一谈
由酸变甜的过程
把心剥成许多瓣
一口一口被吃掉

暗恋

站在路边

和一颗橘子谈一谈

由酸变甜的过程

把心剥成许多瓣

一口一口被吃掉

演习

叶子借光当降落伞

跳到另一片叶子怀里

有时候爱情

只是提早模拟死亡

演习
叶子借光当降落伞
跳到另一片叶子怀里
有时候爱情
只是提早模拟死亡

本质
本该困住我的栅栏
至今还是山上的树

财产分割
过去留给过去的我
未来捐赠给未来
我这一生贫富均匀
永远只拥有此刻

复活

有些事会永远冬眠

我只允许我

独自在春天醒来

你好

我们又将重新认识一遍

复活
有些事会永远冬眠
我只允许我
独自在春天醒来
你好
我们又将重新认识一遍

慢是时间的表述吗？还是一个好天气，把街道的角落晾晒一遍，显现诗。

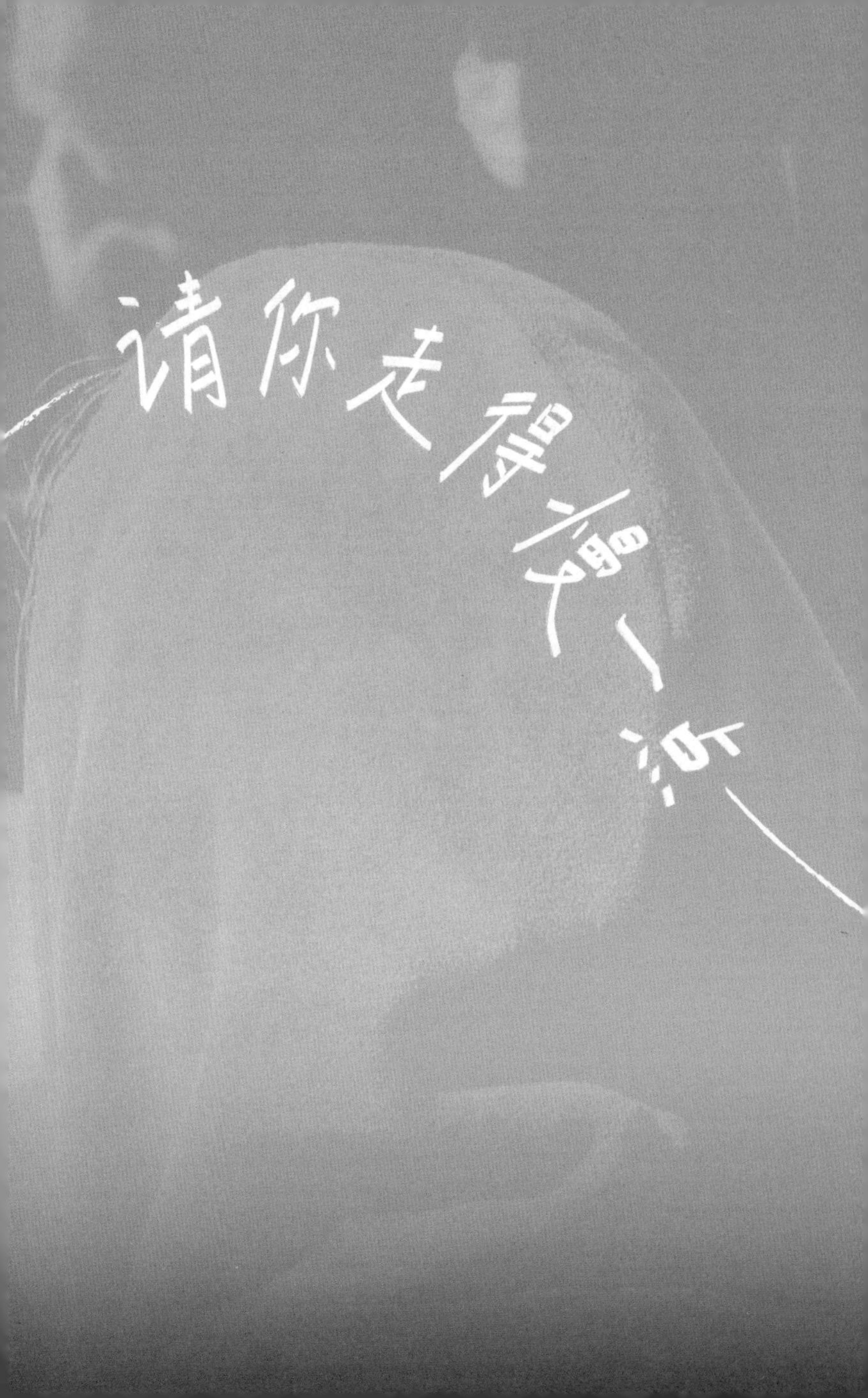
请你走得慢一点

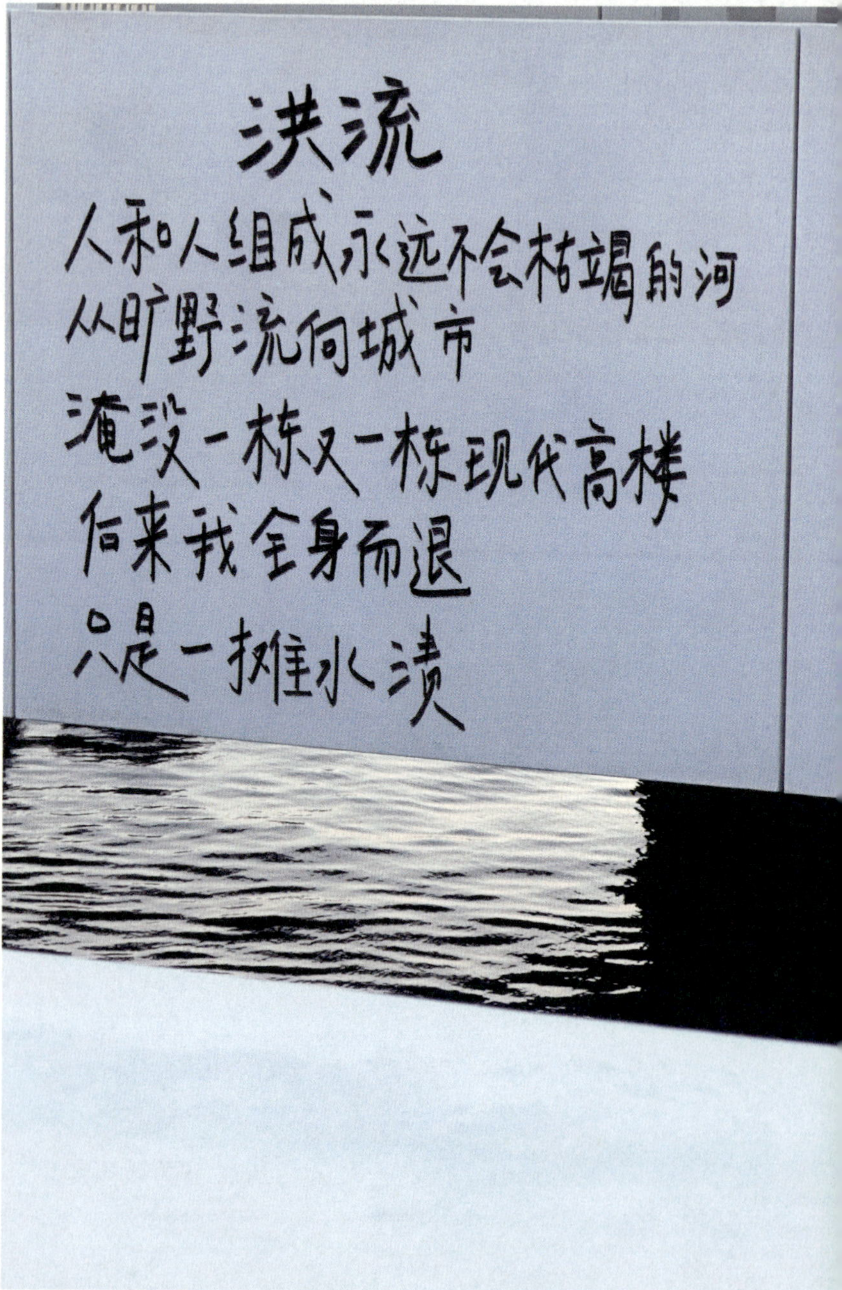
洪流
人和人组成永远不会枯竭的河
从旷野流向城市
淹没一栋又一栋现代高楼
后来我全身而退
只是一摊水渍

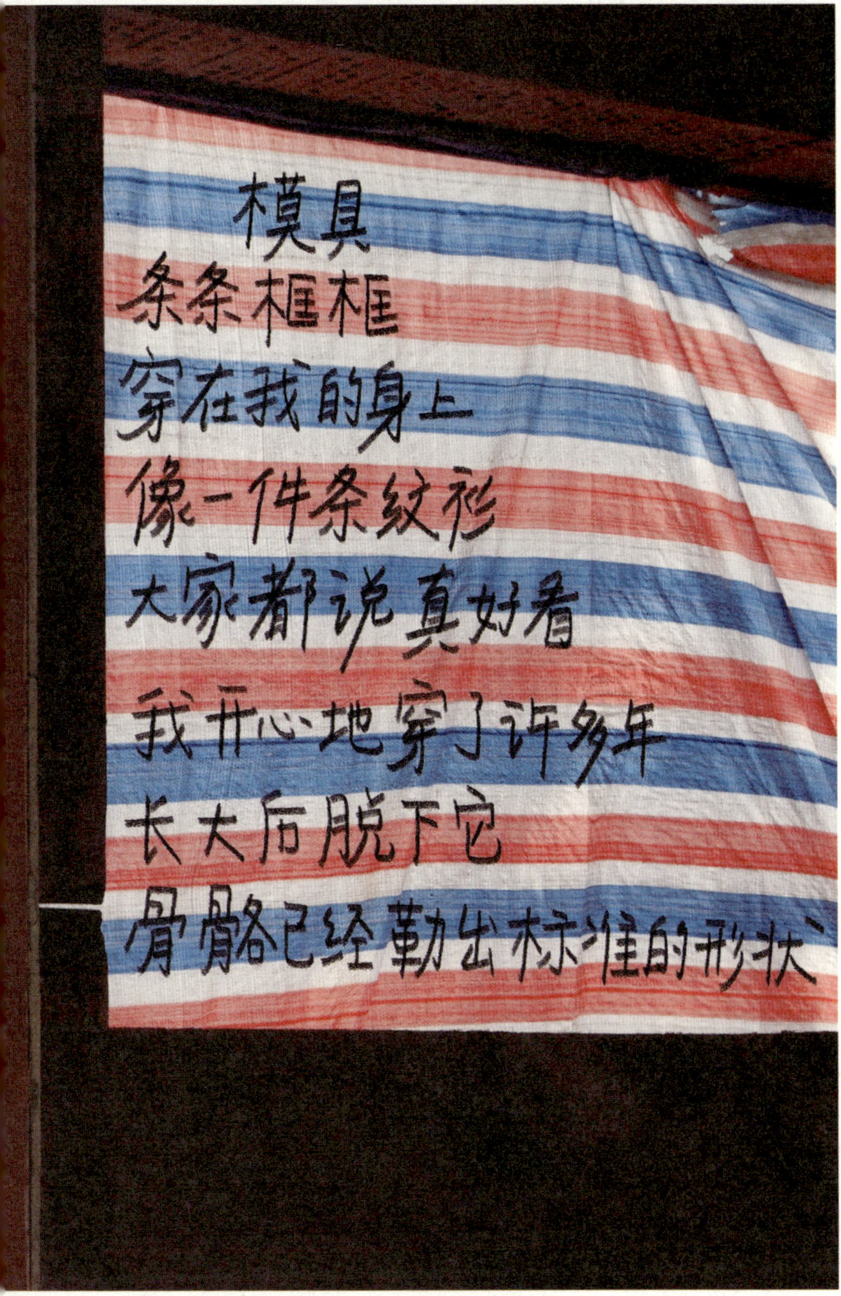
模具
条条框框
穿在我的身上
像一件条纹衫
大家都说真好看
我开心地穿了许多年
长大后脱下它
骨骼已经勒出标准的形状

双向

天花板是用来挡雨的

不是用来挡你的

向上走去

天花板就变成了地板

因果
为了躲避风雨
我造了一栋房子
而我造了一栋房子
是为随时走进风雨

建筑师
把书盖在头上
就造好了屋顶
外面的风风雨雨与我无关
我在建造内心的游乐场

圆梦
梦是正方形的
梦是三角形的
你想让它变成圆的
它就是没有形状的

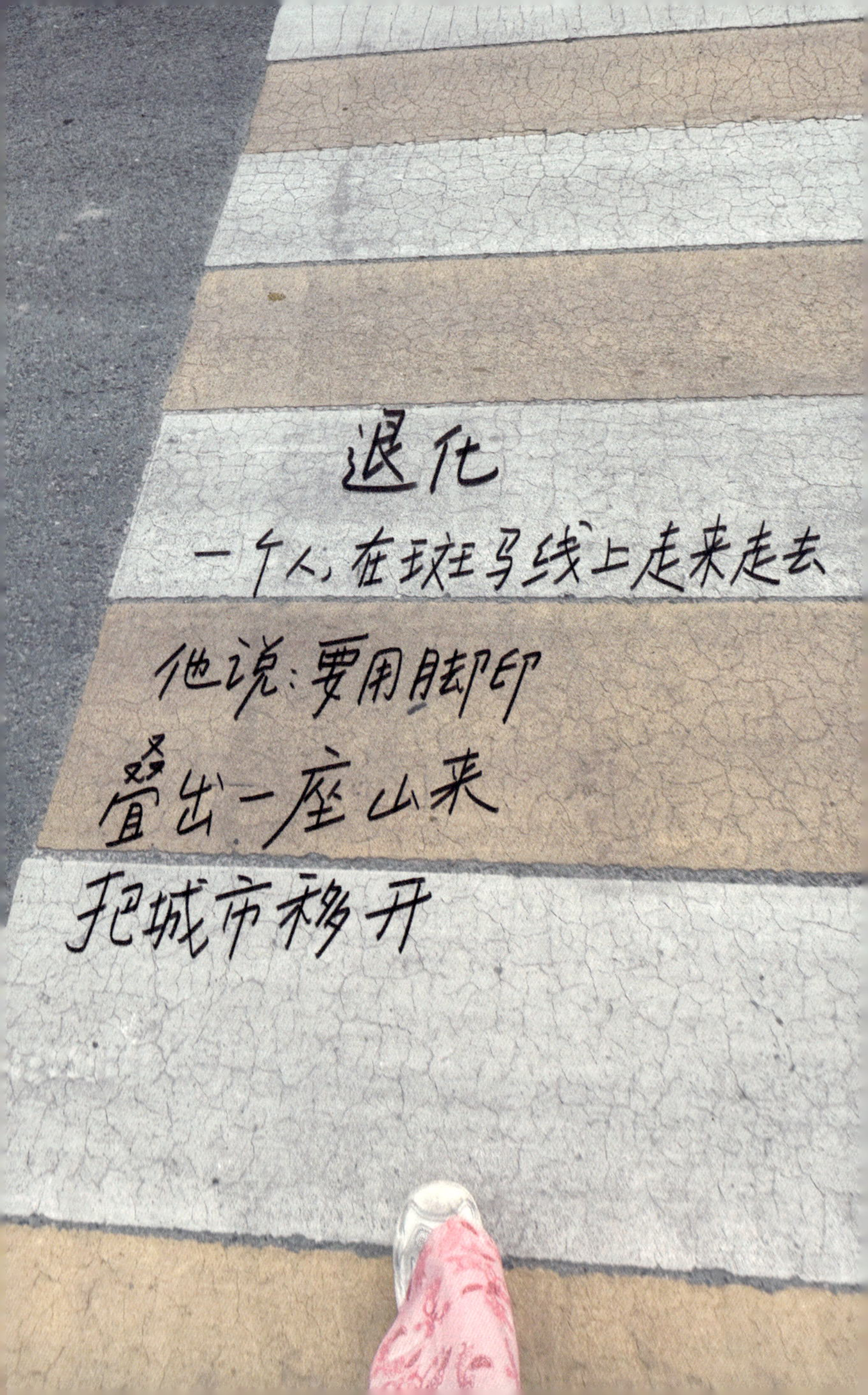
退化
一个人,在斑马线上走来走去
他说:要用脚印
叠出一座山来
把城市移开

退化

一个人，在斑马线上走来走去

他说：要用脚印

叠出一座山来

把城市移开

回

墙上的窗身兼数职

当它看别人时

它是眼睛

当别人看向它时

它又是一颗心

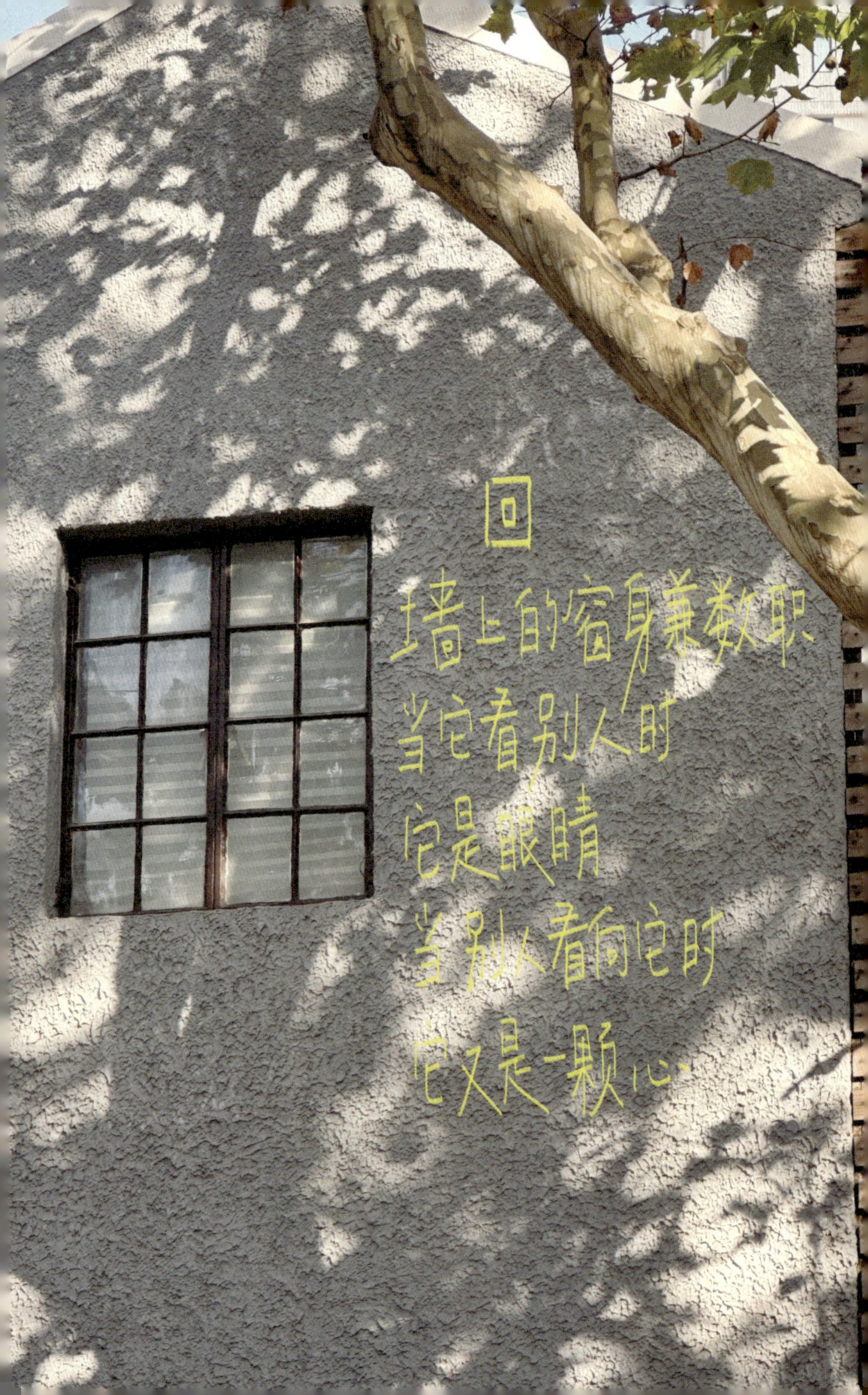
回
墙上的窗身兼数职
当它看别人时
它是眼睛
当别人看向它时
它又是一颗心。

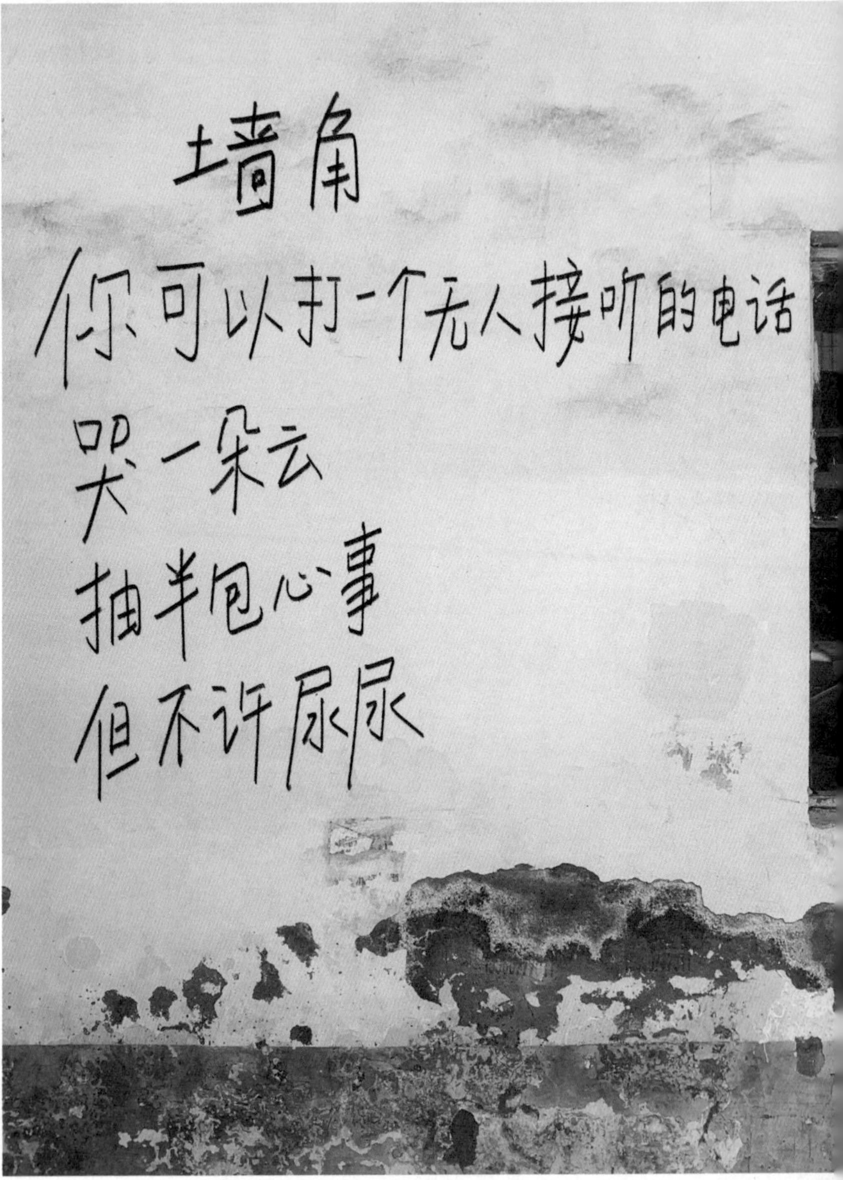
墙角
你可以打一个无人接听的电话
哭一朵云
抽半包心事
但不许尿尿

墙，让影子
站了起来。
复健

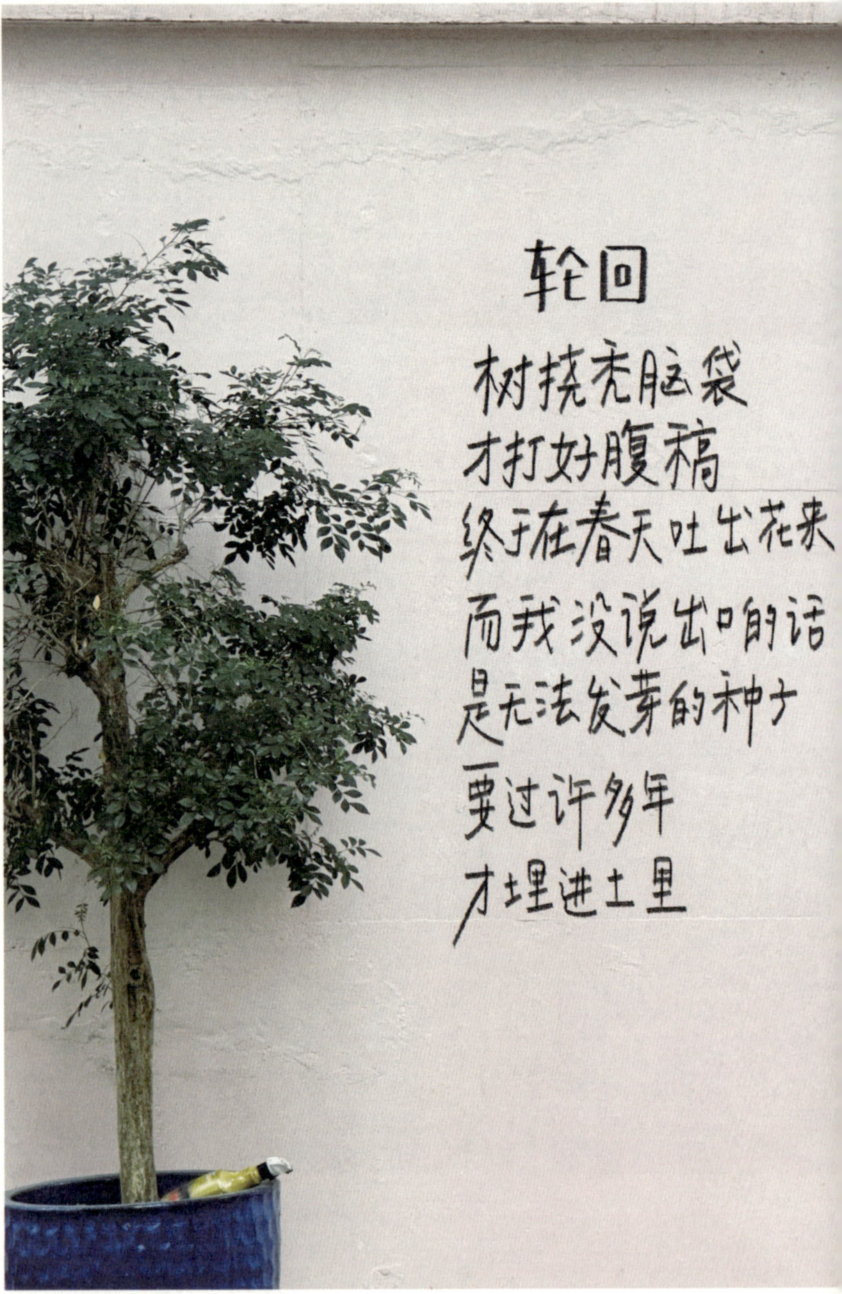
轮回
树挠秃脑袋
才打好腹稿
终于在春天吐出花来
而我没说出口的话
是无法发芽的种子
要过许多年
才埋进土里

复活
太阳坠入低谷
距离下次反弹
只需一个黑夜

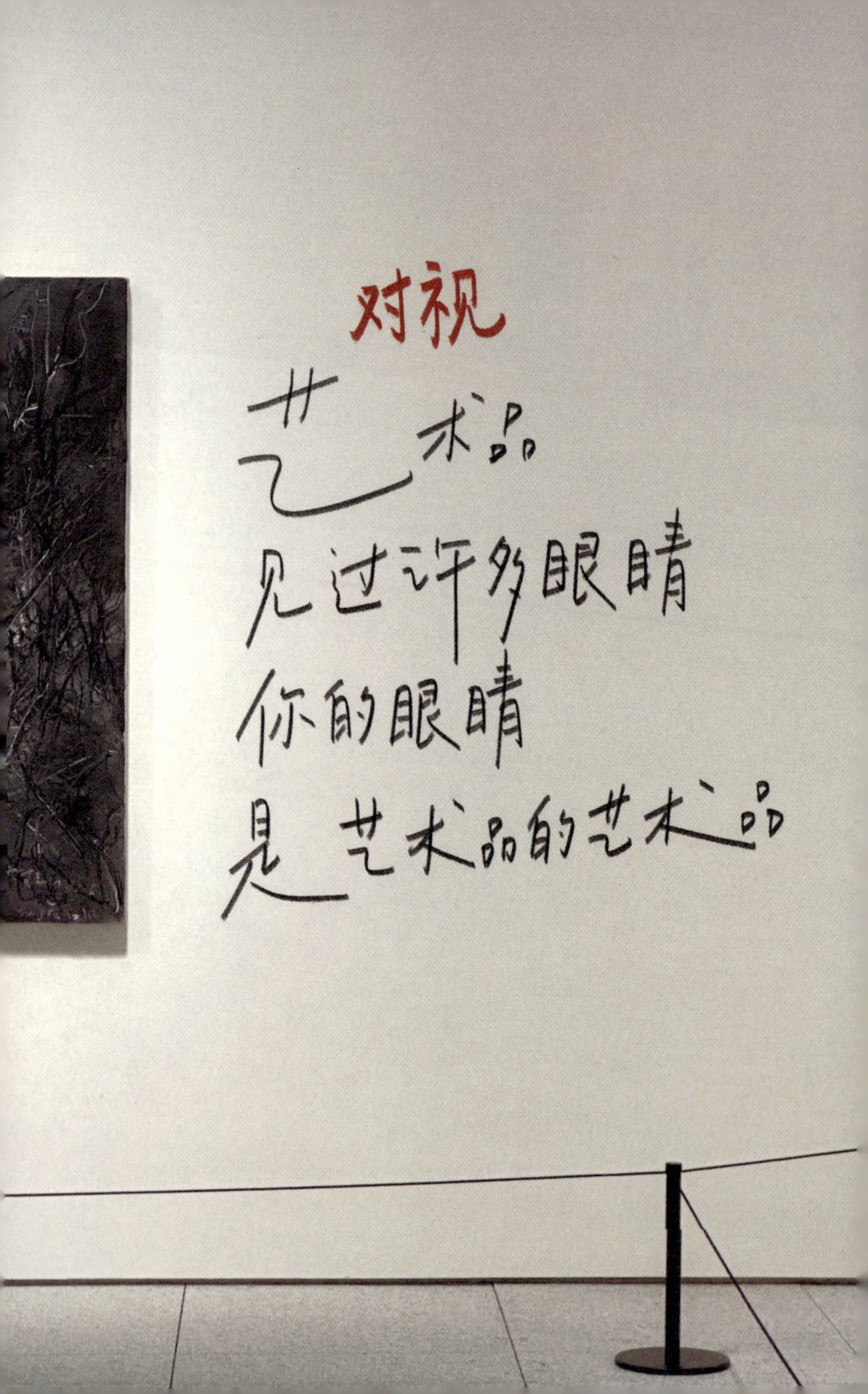
对视
艺术品
见过许多眼睛
你的眼睛
是艺术品的艺术品

平行世界
一楼平行于
二楼，我平行于你
怪只怪我们
都能独立行走
相交只发生在
一个人向
另一个人倾斜

这一天
我总觉得这一天
我停下来辨认月亮和影子的这一天
我划分群山和河水界线的这一天
我挠痒痒就让土地颤栗的这一天
我关闭耳朵才听见声音的这一天
我切断视线才能看清真相的这一天
我坐下才前行，躺下才飞行的这一天
我不会记得任何一个人
我只会记得这一天
它是我未来回望的
迷宫的起点

这一天

我总觉得这一天

我停下来辨认月亮和影子的这一天

我划分群山和河水界线的这一天

我挠痒痒就让土地颤栗的这一天

我关闭耳朵才听见声音的这一天

我切断视线才能看清真相的这一天

我坐下才前行，躺下才飞行的这一天

我不会记得任何一个人

我只会记得这一天

它是我未来回望的

迷宫的起点

我的眼睛，
是世界的出口。
逃生
没有它，
万物都锁在声音里。

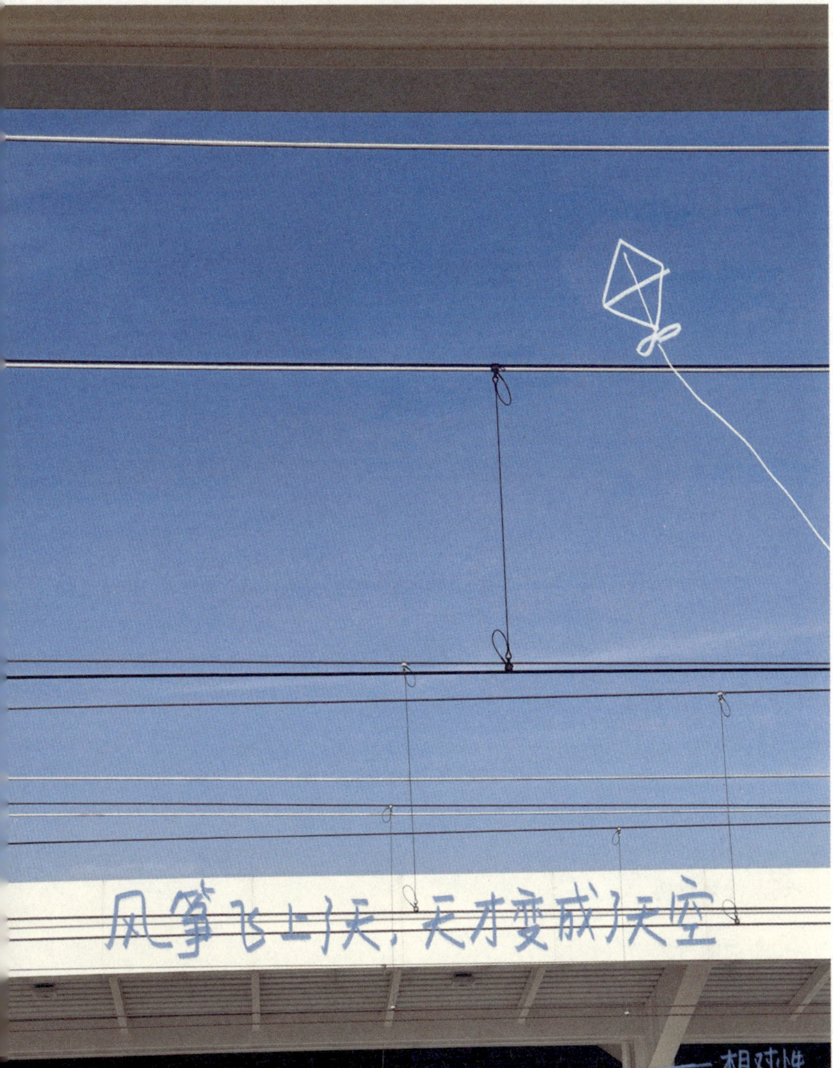
风筝飞上了天，天才变成了天空
——相对性

生日

树，没有日历
十年前的今天
它被埋进土里
不知现在该庆祝生
还是祭奠死

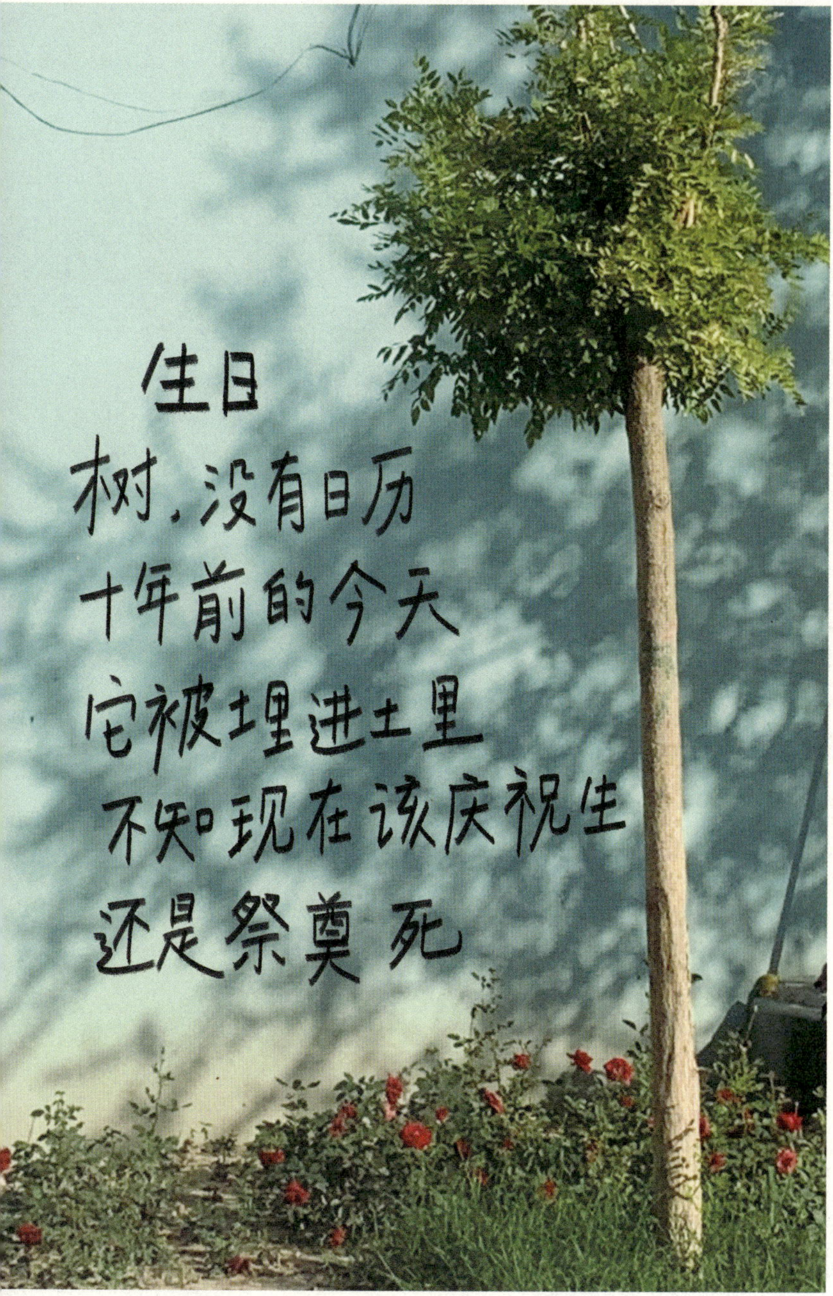
生日
树，没有日历
十年前的今天
它被埋进土里
不知现在该庆祝生
还是祭奠死

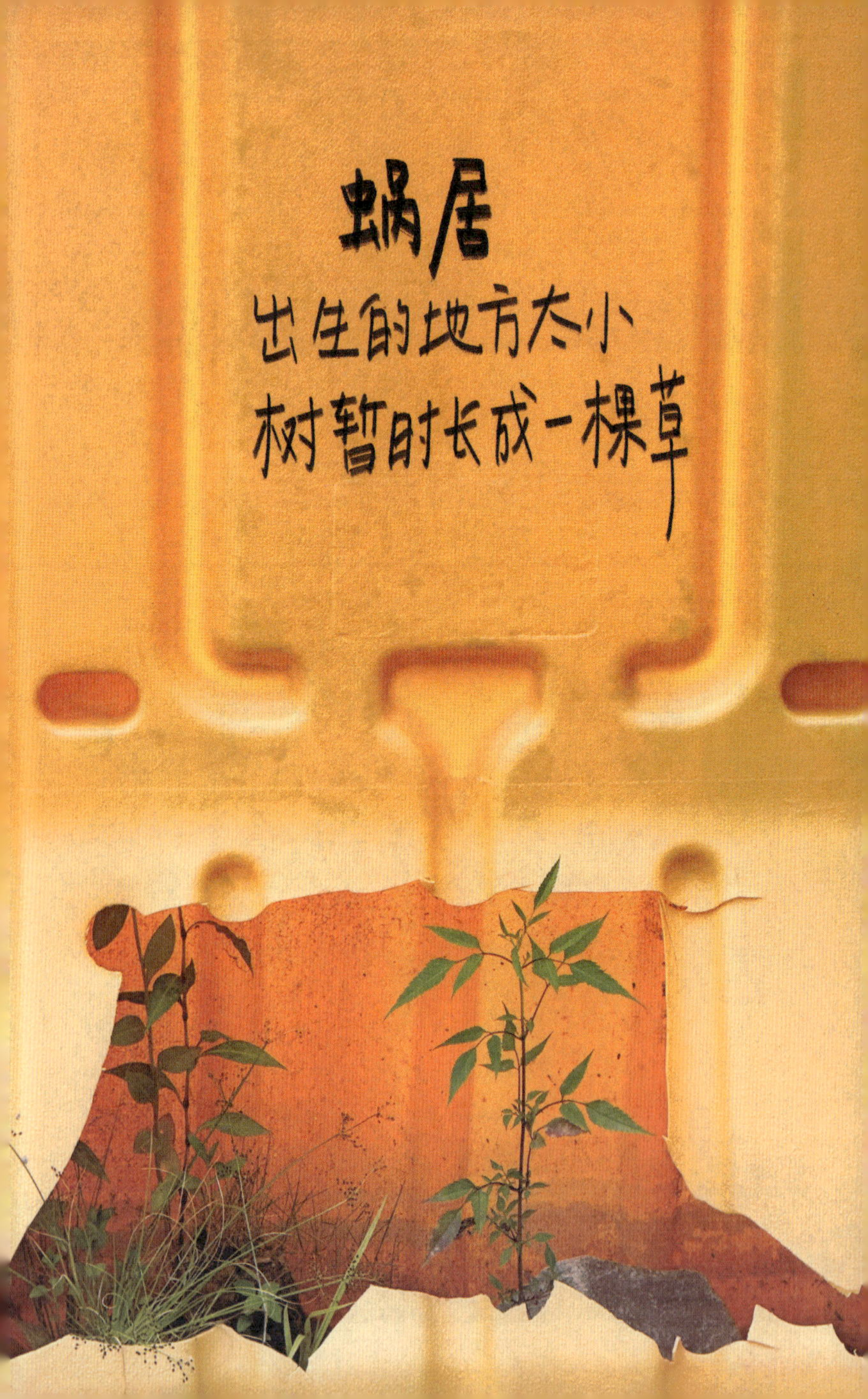
蜗居
出生的地方太小
树暂时长成一棵草

叛逆
假花，长在窗户上
永远不会凋谢
直到有人给它浇水
它才死了

取名
还没帮月亮想好
取什么名字
暂时先用你的名字

光临
每当有人说：
欢迎光临
光都开心得
决定下次再来
玻璃爆裂
请勿靠近

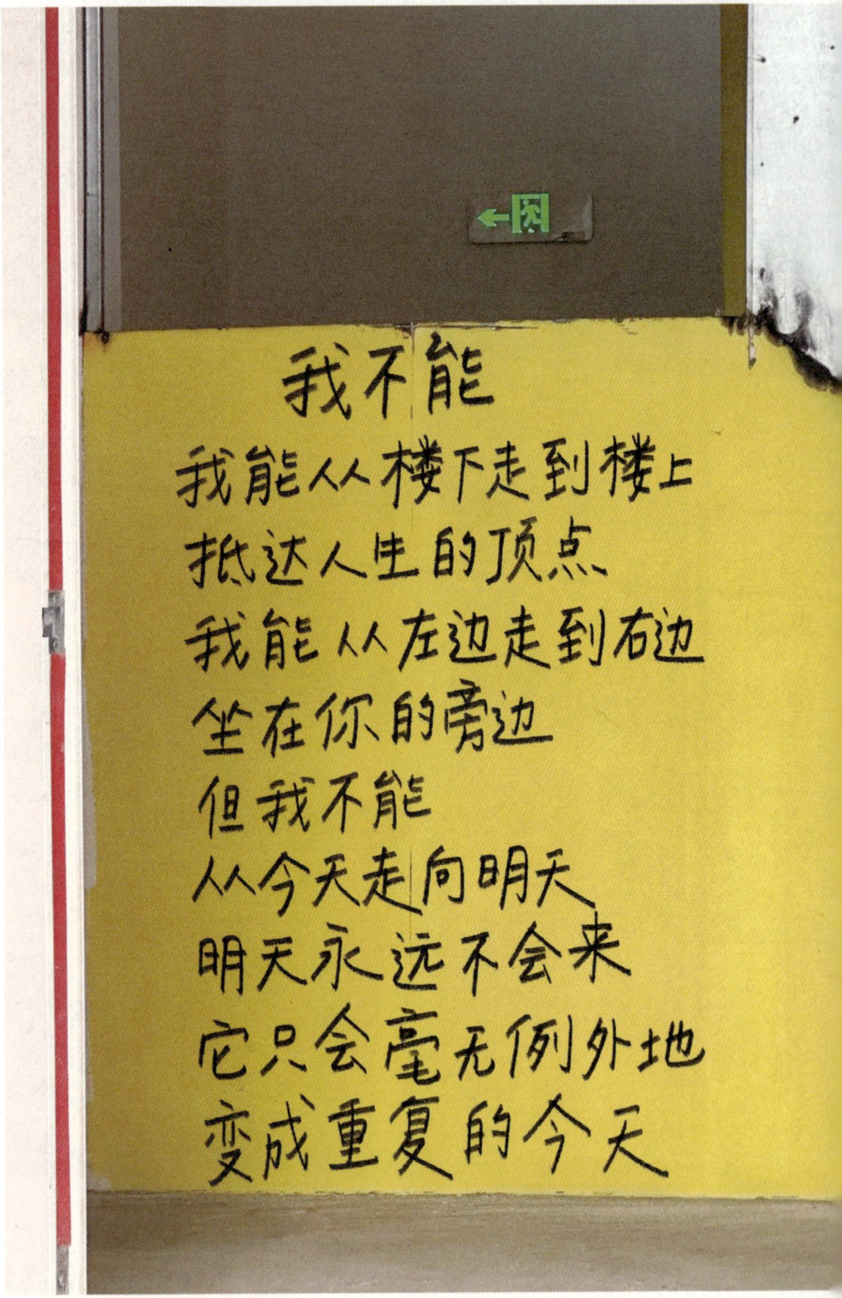
我不能
我能从楼下走到楼上
抵达人生的顶点
我能从左边走到右边
坐在你的旁边
但我不能
从今天走向明天
明天永远不会来
它只会毫无例外地
变成重复的今天

我不能

我能从楼下走到楼上

抵达人生的顶点

我能从左边走到右边

坐在你的旁边

但我不能

从今天走向明天

明天永远不会来

它只会毫无例外地

变成重复的今天

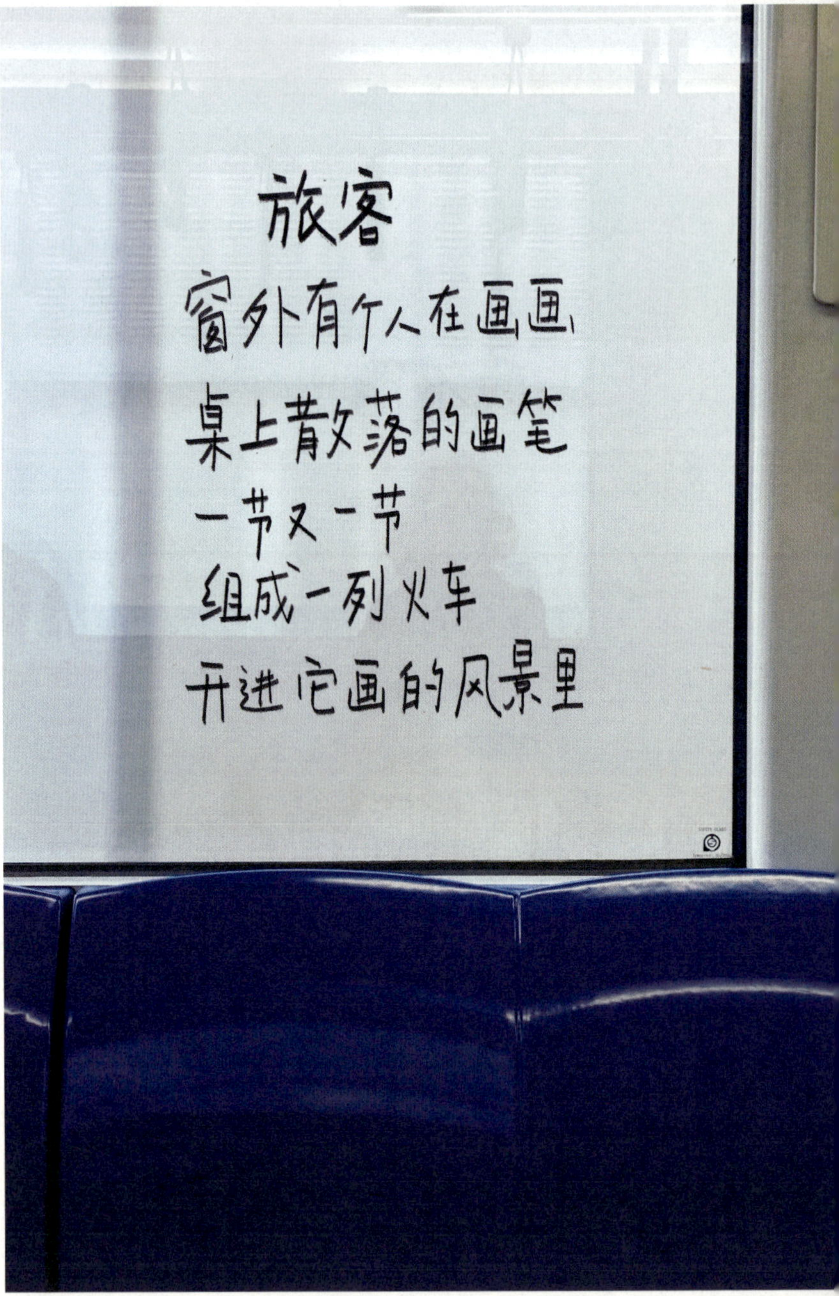
旅客
窗外有个人在画画
桌上散落的画笔
一节又一节
组成一列火车
开进它画的风景里

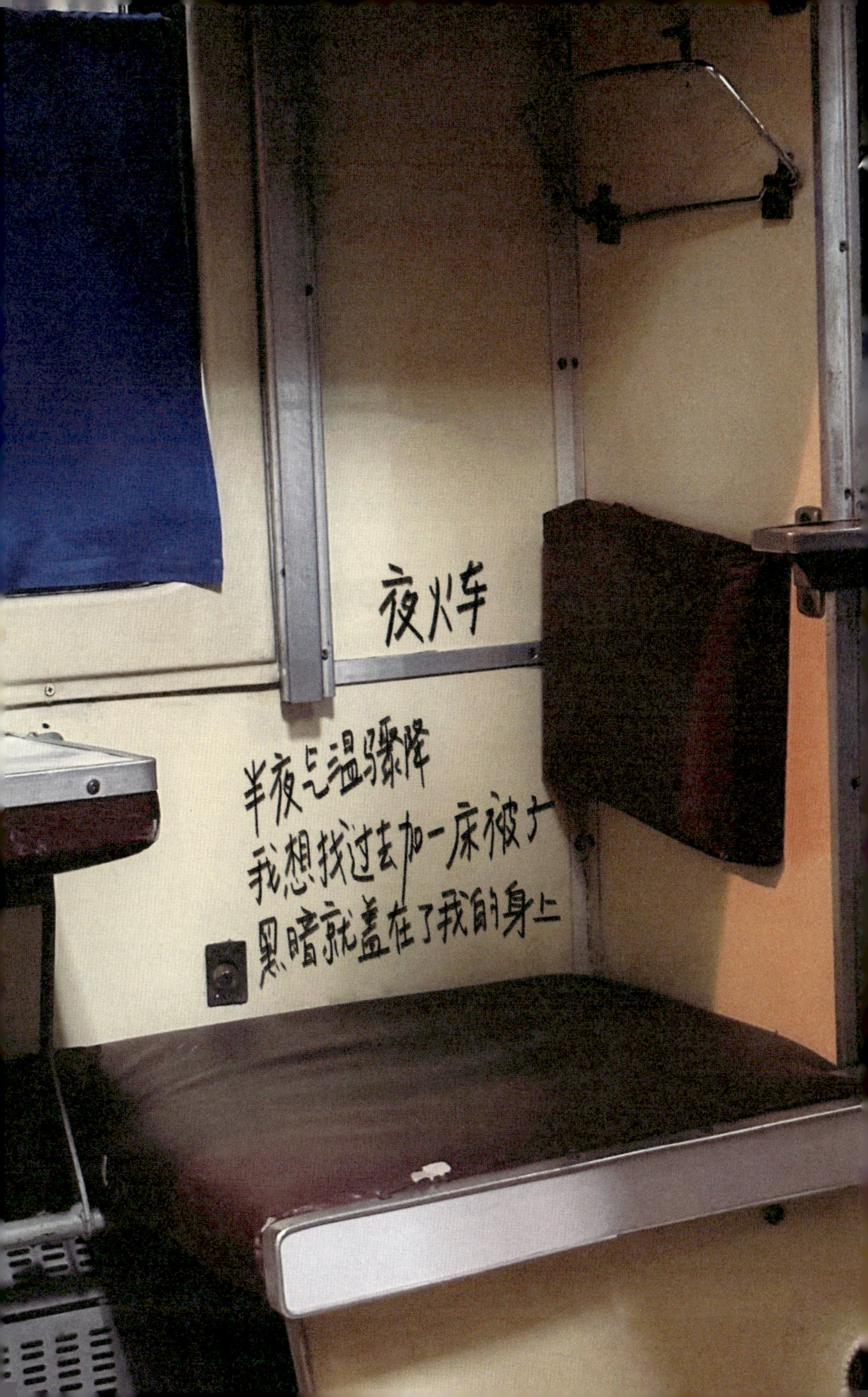

夜火车
半夜气温骤降
我想找过去加一床被子
黑暗就盖在了我的身上

偶遇
一辆车停在路边发呆
我走过去拍了拍它：
朋友，要我为你加油吗？

退步
邮差失业了
通信公司倒闭了
未来，我们靠脑电波交流
我爱你，
是神经元跳舞
我不爱你，是意念拦截

晚安
被子晾在外面
许久都没有人来收
曾盖过无数黑夜的它
终于在阳光下
迎来自己的睡眠

相亲

街角的两张凳子

被人为摆放在一起

如果它们拥有人类的肩膀

就可以依靠起来

打铁店

长大是一种退隐

成年人手无寸铁

心是唯一的冷兵器

打铁铺
打铁店
长大是一种退隐、
成年人手无寸铁
心是唯一的冷兵器

障碍物
蚊子并非真心咬我
它只是在它的世界
屡屡碰壁

前途
路坏了. 正在抢救
我看见它的心脏
装满石头
一个工人冲我比了剪刀手

降落伞
路上的伞举手表决
共同孤立雨
我降落在地面上
陪雨 一起玩

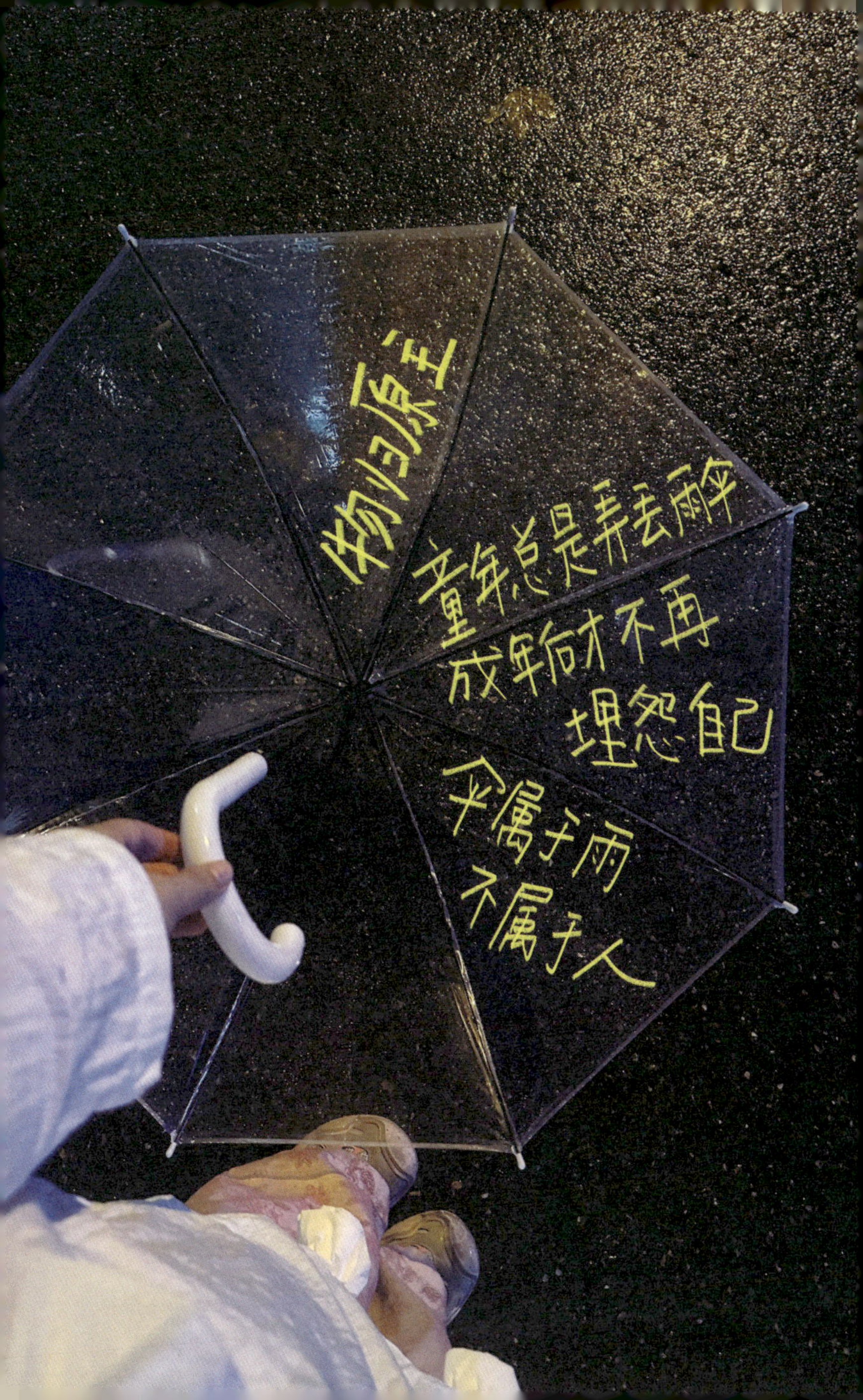
物归原主
童年总是弄丢雨伞
成年后才不再
埋怨自己
伞属于雨
不属于人

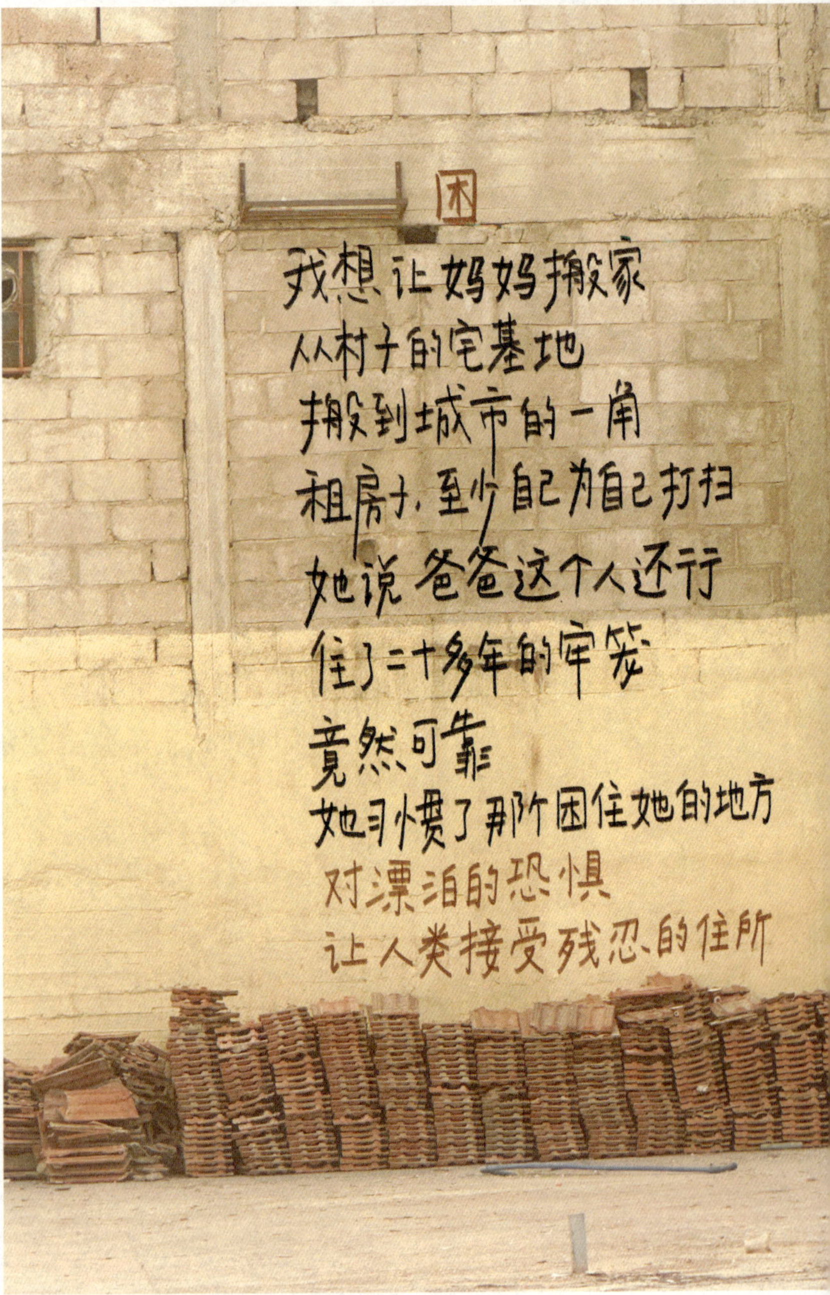

困

我想让妈妈搬家
从村子的宅基地
搬到城市的一角
租房子，至少自己为自己打扫
她说 爸爸这个人还行
住了二十多年的牢笼
竟然可靠
她习惯了那个困住她的地方
对漂泊的恐惧
让人类接受残忍的住所

困

我想让妈妈搬家
从村子的宅基地
搬到城市的一角
租房子，至少自己为自己打扫
她说爸爸这个人还行
住了二十多年的牢笼
竟然可靠
她习惯了那个困住她的地方
对漂泊的恐惧
让人类接受残忍的住所

裁缝
我试图缝补过去
却被扎伤了手指
裁缝师傅告诉我
衣服的伤口应藏在里侧
看不到就当没存在过

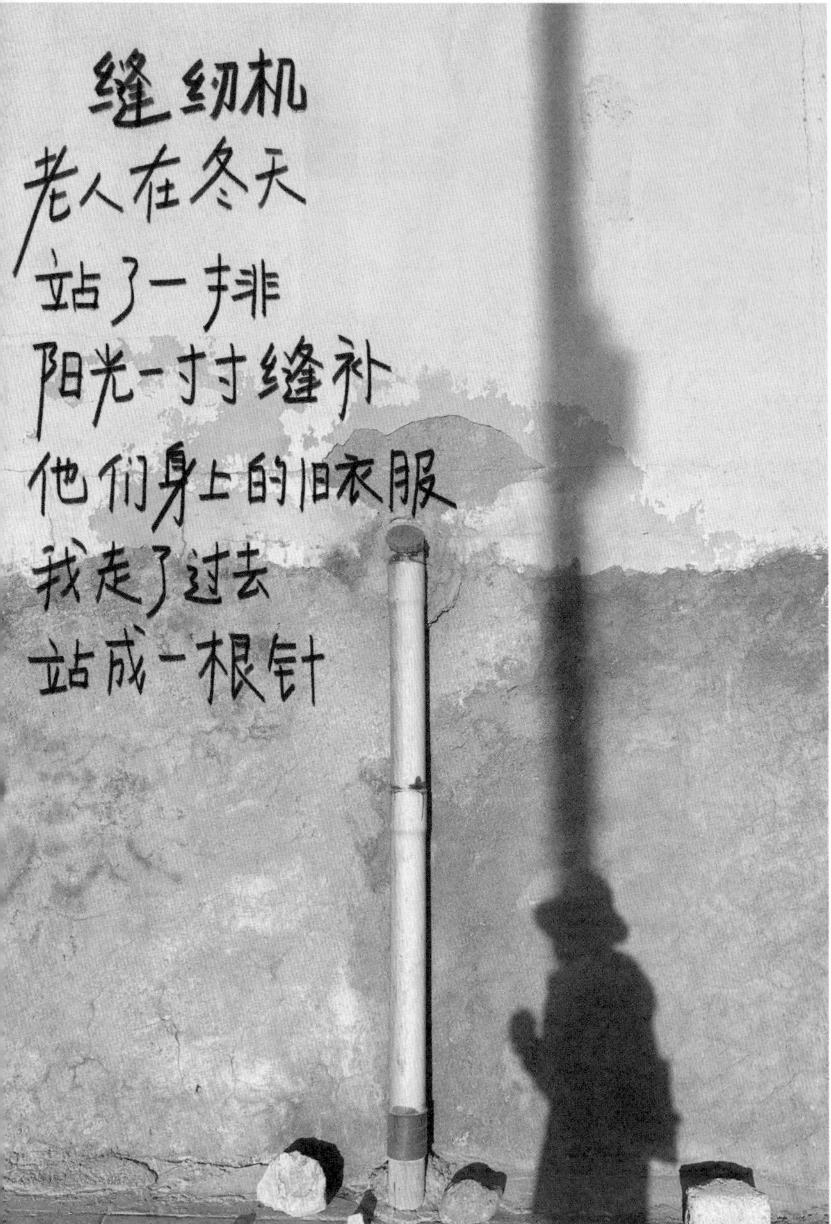
缝纫机
老人在冬天
站了一排
阳光一寸寸缝补
他们身上的旧衣服
我走了过去
站成一根针

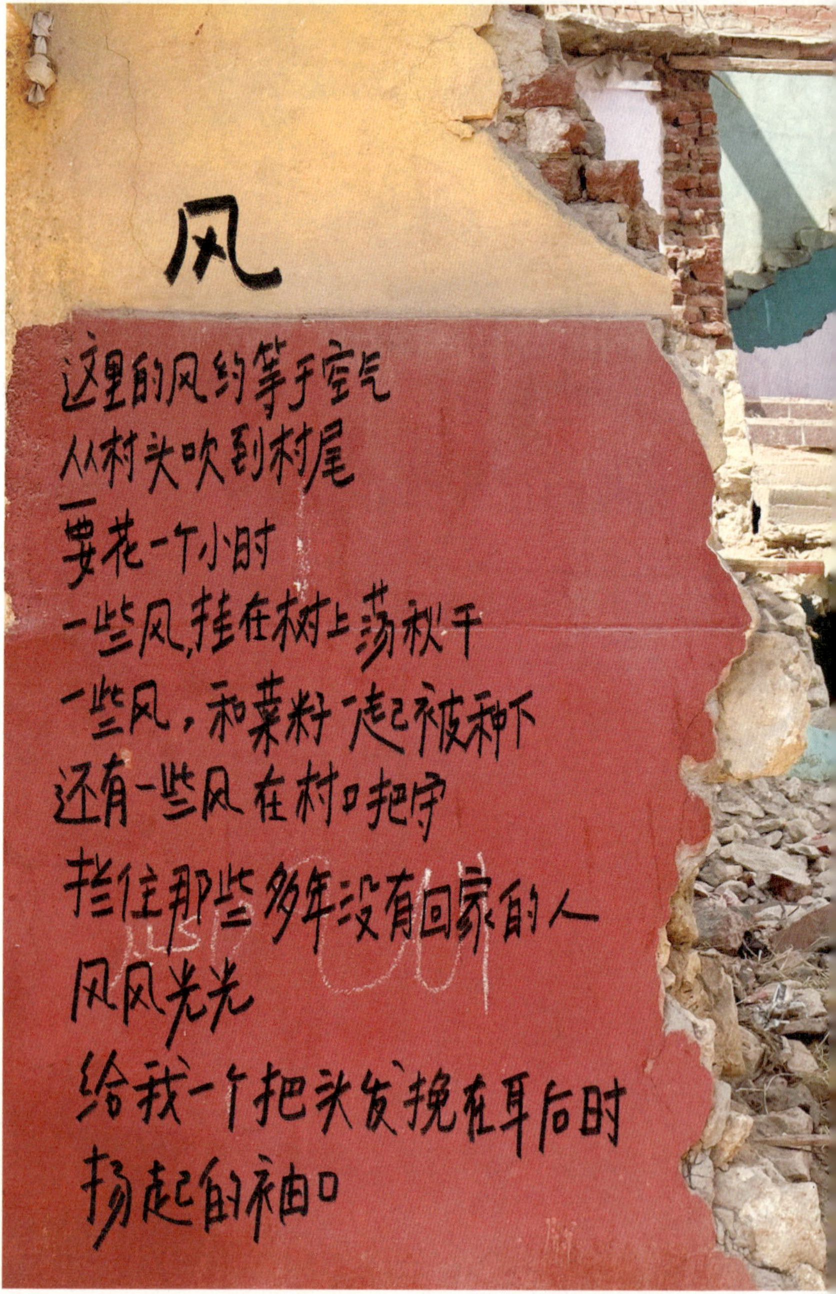
风
这里的风约等于空气
从村头吹到村尾
要花一个小时
一些风，挂在树上荡秋千
一些风，和菜籽一起被种下
还有一些风在村口把守
挡住那些多年没有回家的人
风风光光
给我一个把头发挽在耳后时
扬起的袖口

重建
痛苦是坍塌的幸福
废墟本意成为高楼

先机

如果没有眼睛

就不会惧怕黑暗

如果没有耳朵

就不会拒绝声音

如果没有嘴巴

就不会过度表达

如果没有我

就没有疑问句

如果没有疑问

就没有光

光占领了黑暗

第一条法令

是命令人类长出眼睛

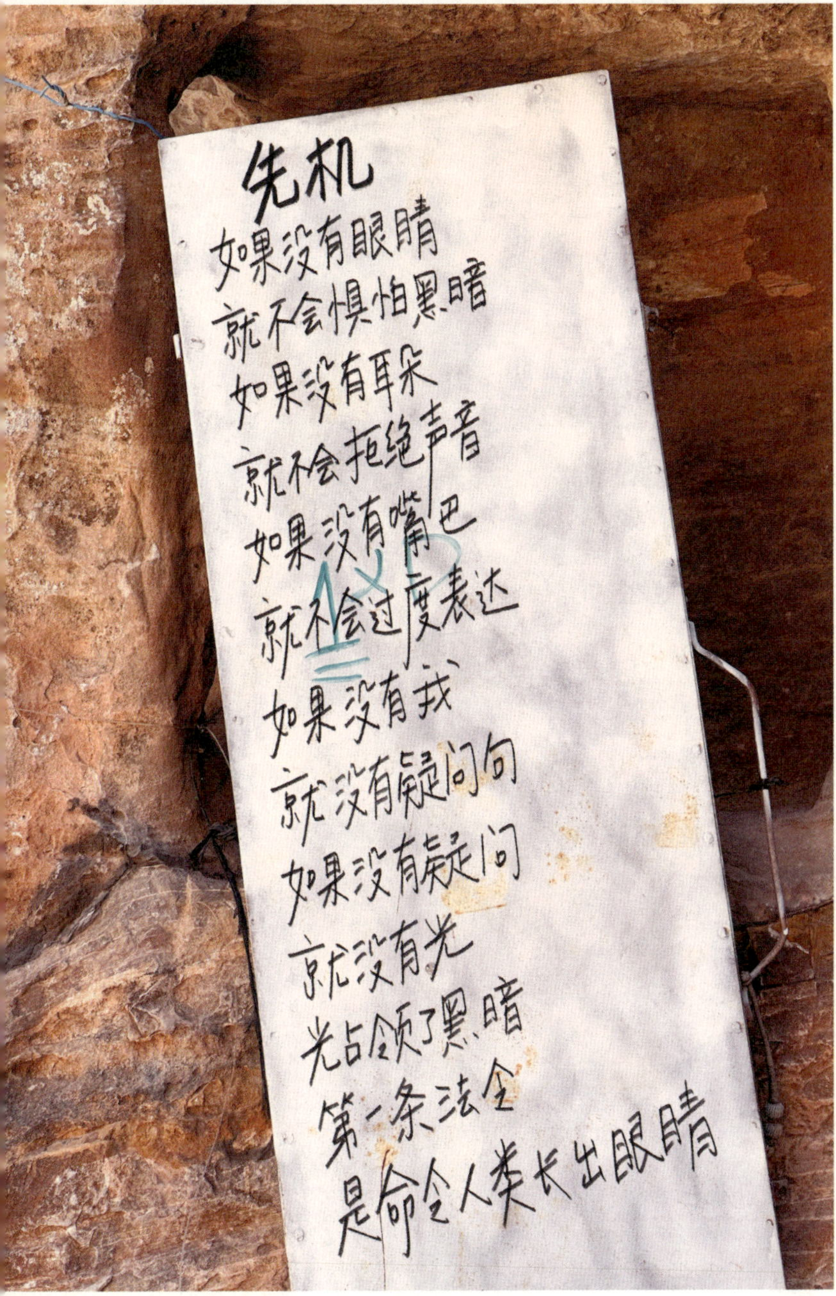
先机
如果没有眼睛
就不会惧怕黑暗
如果没有耳朵
就不会拒绝声音
如果没有嘴巴
就不会过度表达
如果没有我
就没有疑问句
如果没有疑问
就没有光
光占领了黑暗
第一条法令
是命令人类长出眼睛

十字路口

两个阿姨在聊天

一个问另一个，孩子的工资

刚买的房，外套的价格

她一生没赚到的钱

全部补贴在她的问句里

十字路口
两个阿姨在聊天
一个问另一个，孩子的工资
刚买的房、外套的价格
她一生没赚到的钱
全部补贴在她的问句里

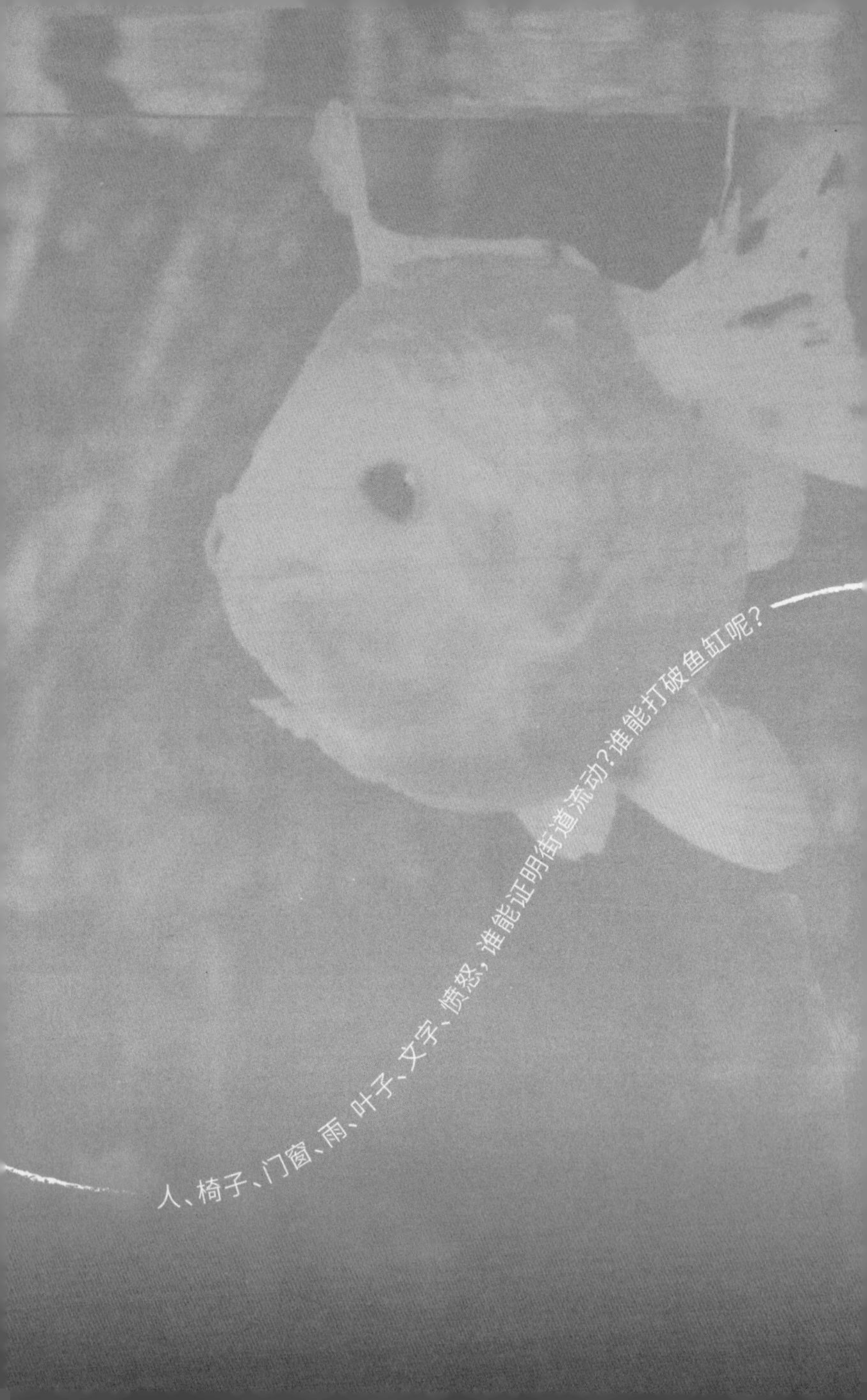
人、椅子、门窗、雨、叶子、文字、愤怒，谁能证明街道流动？谁能打破鱼缸呢？

打破鱼缸的鱼

空位
你来，还有空位
你不来，风会满座

空位

你来，还有空位

你不来，风会满座

异类
太阳组织聚会
晒晒大家喜欢的东西
有人晒掌心的河流
或是胸口的玫瑰
我晒我的阴暗面

悬赏 自己
椅子 被丢 在墙角
像张 贴的 寻人 启事
一个人 遗失了 坐标
无论 朝向 哪里 祈祷
都会 碰壁

反面教材

当你躺在椅子怀里

就必然背对着它的拥抱

我喜欢你的原因

是我不喜欢的那部分自己

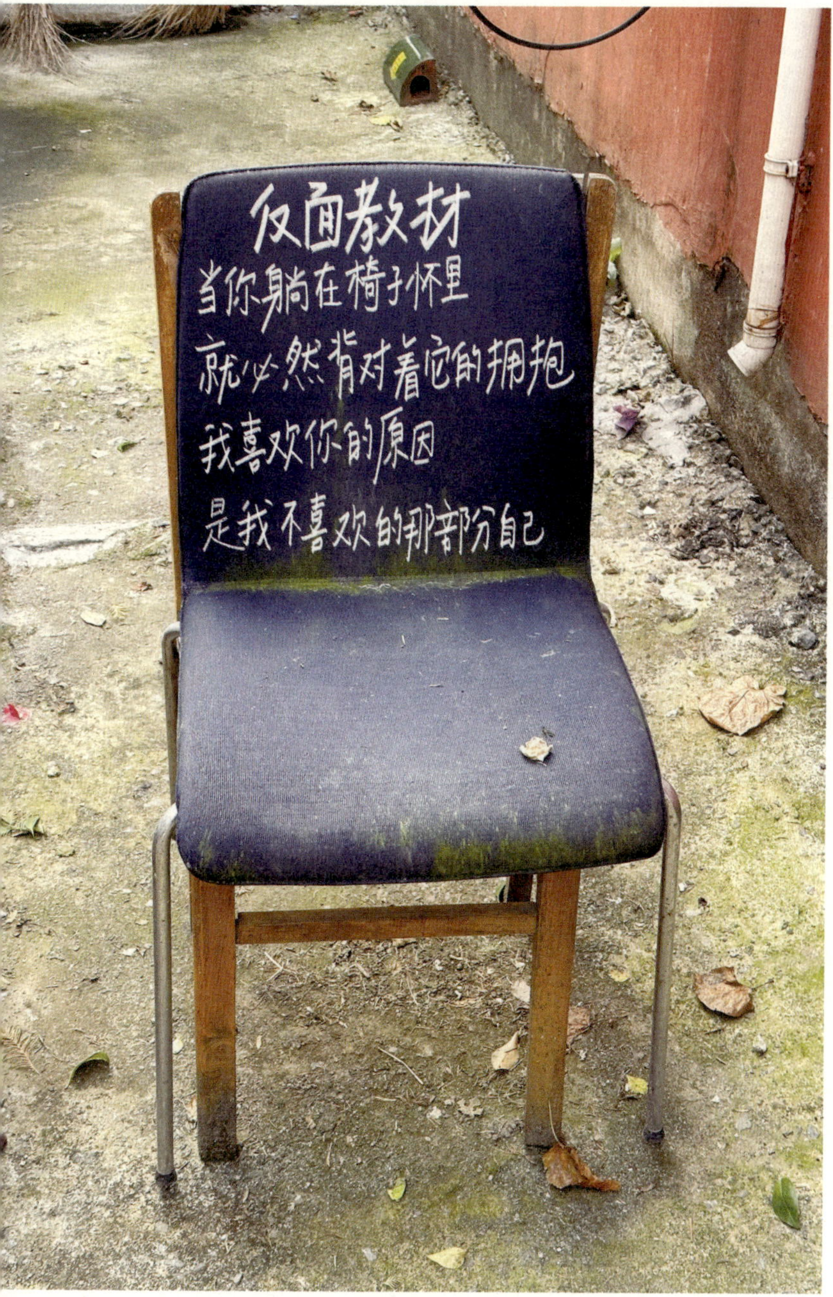
反面教材
当你躺在椅子怀里
就必然背对着它的拥抱
我喜欢你的原因
是我不喜欢的那部分自己

温水青蛙
我坐在椅子上
把自己折叠成一把椅子
可惜我只有两条腿
否则我可以成为
真正的椅子

温水青蛙

我坐在椅子上

把自己折叠成一把椅子

可惜我只有两条腿

否则我可以成为

真正的椅子

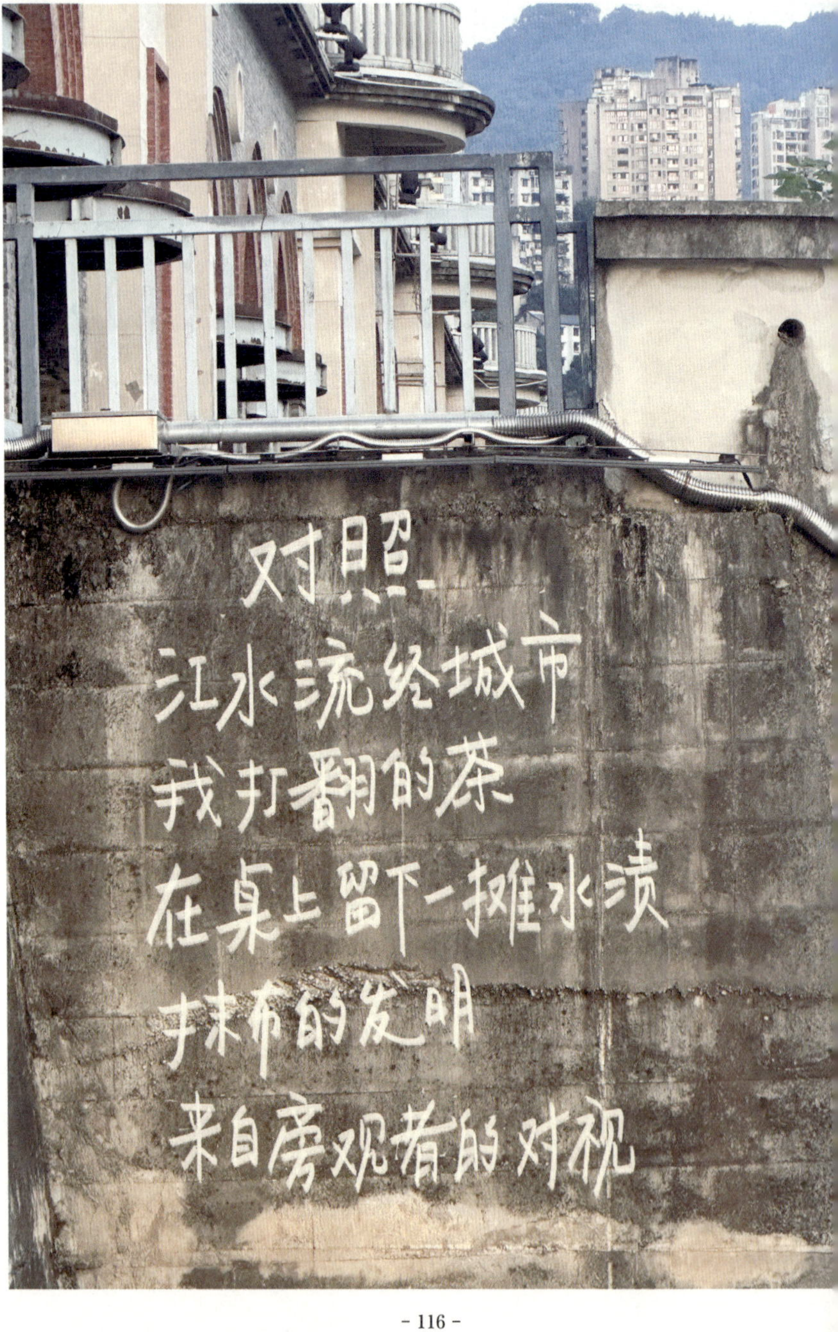
对照
江水流经城市
我打翻的茶
在桌上留下一摊水渍
抹布的发明
来自旁观者的对视

等等自由
请你不要走得太快
坐在这儿
等一等自由

门铃

你每次敲门

发出的咚咚声

都是门在喊疼

喊得越大声

越是叫不醒里面的人

门铃
你每次敲门
发出的咚咚声
都是门在喊疼
喊得越大声
越是叫不醒屋里面的人

没门

门，通常是最后安装的

它拥有一票否决权

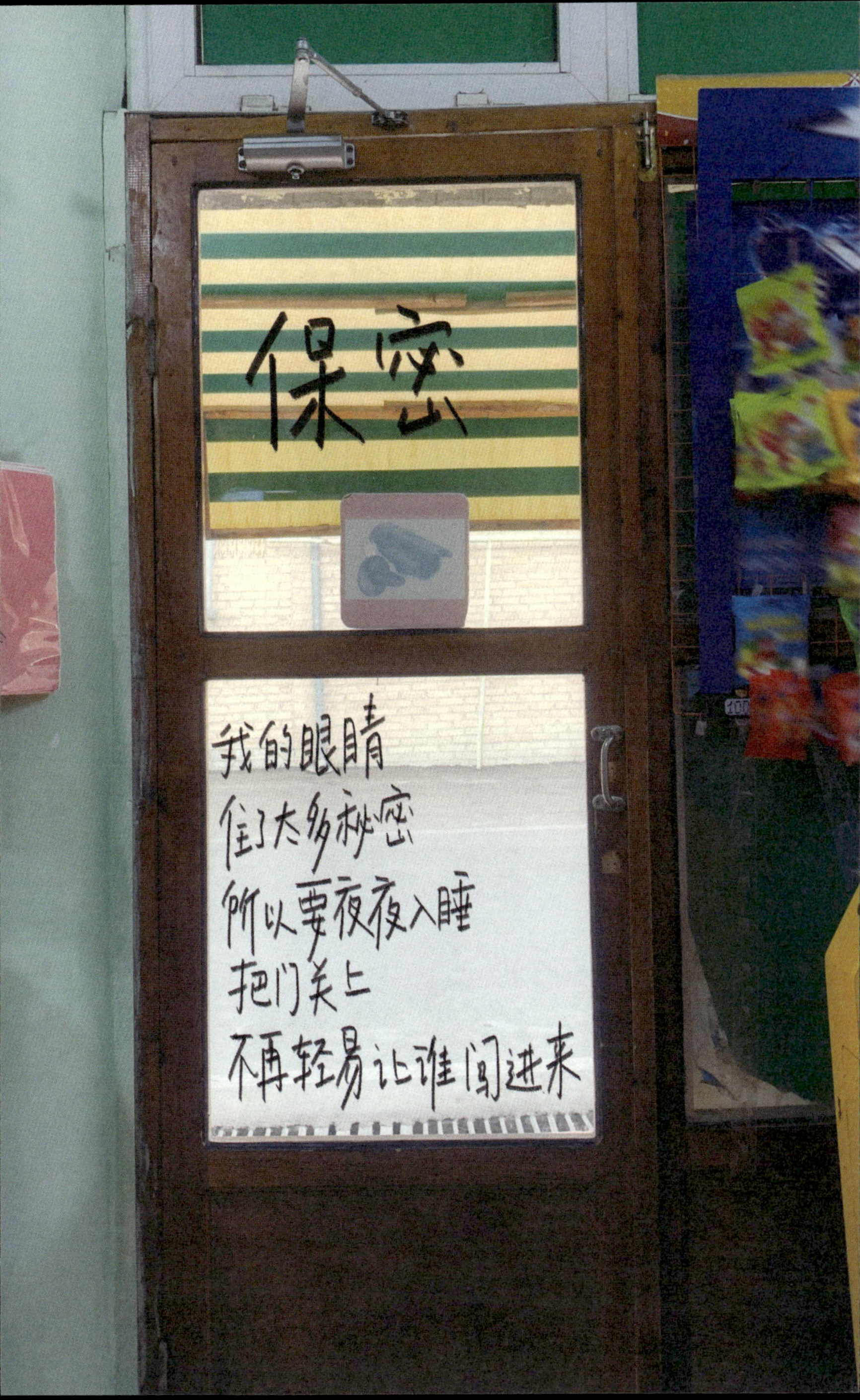
保密
我的眼睛
住了太多秘密
所以要夜夜入睡
把门关上
不再轻易让谁闯进来

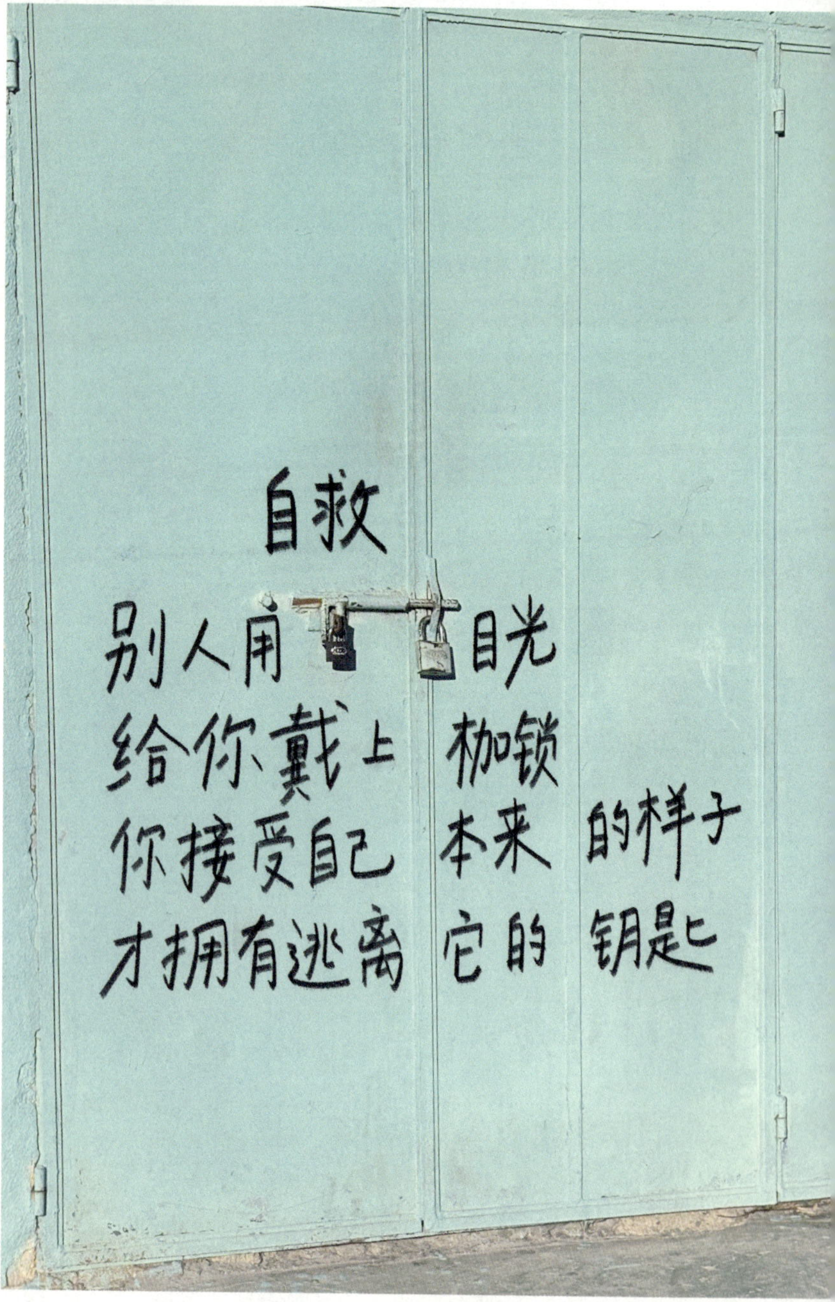
自救
别人用目光
给你戴上枷锁
你接受自己本来的样子
才拥有逃离它的钥匙

推
钥匙
你盯着我的肉
停留在饥荒年代
我拿着一副利索的骨骼
敲响明天的门

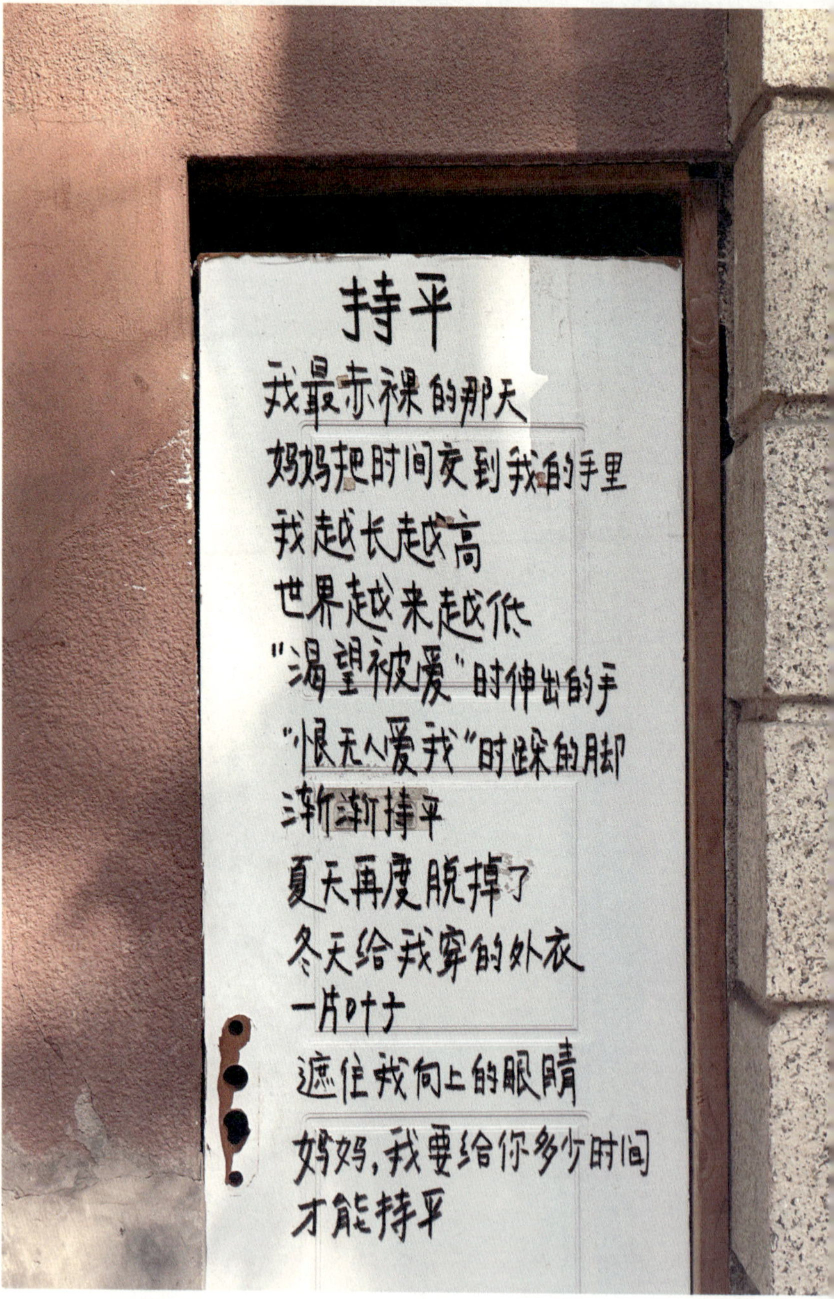

持平
我最赤裸的那天
妈妈把时间交到我的手里
我越长越高
世界越来越低
"渴望被爱"时伸出的手
"恨无人爱我"时跺的脚
渐渐持平
夏天再度脱掉了
冬天给我穿的外衣
一片叶子
遮住我向上的眼睛
妈妈，我要给你多少时间
才能持平

持平

我最赤裸的那天

妈妈把时间交到我的手里

我越长越高

世界越来越低

“渴望被爱”时伸出的手

“恨无人爱我”时跺的脚

渐渐持平

夏天再度脱掉了

冬天给我穿的外衣

一片叶子

遮住我向上的眼睛

妈妈，我要给你多少时间

才能持平

沙发
它当了一辈子沙发
供一家人坐下
直到睡在土上
才得以休息

寄生
生活是一件旧家具
他们是其中的螺丝和螺母
长年累月已然生锈了
但一分开就疼

算了
许多公式生活中都用不
为什么还要学数学
生活里的算了是真的算
数学里的算了
是一定有结果的

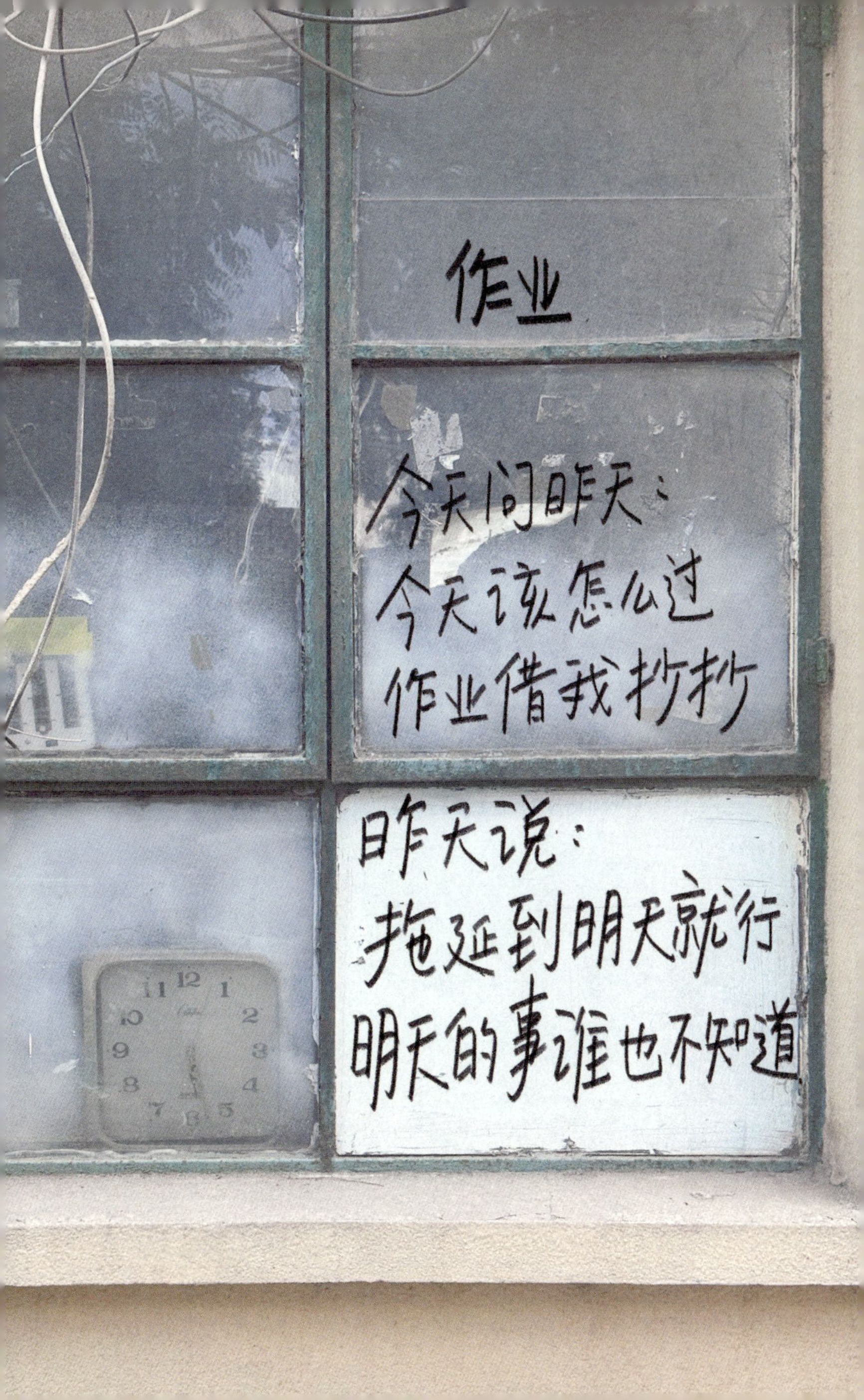
作业
今天问昨天：
今天该怎么过
作业借我抄抄
昨天说：
拖延到明天就行
明天的事谁也不知道

陀螺
越是抽打陀螺
它转得越快
你问它累吗？
它说它刚跳了一场
尽兴的芭蕾

陀螺

越是抽打陀螺

它转得越快

你问它累吗?

它说它刚跳了一场

尽兴的芭蕾

视角
鱼对我说：
你的鱼缸比我大
就以为拥有了自由？
我连忙摆手否认
却不小心变成了游

爱情
这么多年
我都站在鱼缸旁
等一只海里的鲸
大风大浪
我从来没见过

打破鱼缸的鱼

空气是水的同谋

草是树的模型

石头若全拿去造了房子

谁还能打破鱼缸呢?

那些离不开的

总误认为是全世界

打破鱼缸的鱼
空气是水的同谋
草是树的模型
石头若全拿去造了房子
谁还能打破鱼缸呢?
那些离不开的
总误认为是全世界

是你要我这样的
第一次收到玫瑰花
就被刺扎伤了手
往后也只好
变成一个挑刺的人

水果箱
装了一辈子水果
也没吃过水果
搬运我的工人
也从未真正拥有我

爱情

我伸手去拿
柜子上看不清是什么
的东西
一个花瓶就砸了下来
我不清楚
但会受伤

爱情

我伸手去拿

柜子上看不清是什么的东西

一个花瓶就砸了下来

我不清楚

但会受伤

今天借的阳光今天就要还
雨水却可以储存很久
所以我要及时行乐
把悲伤留到以后再用
盒说

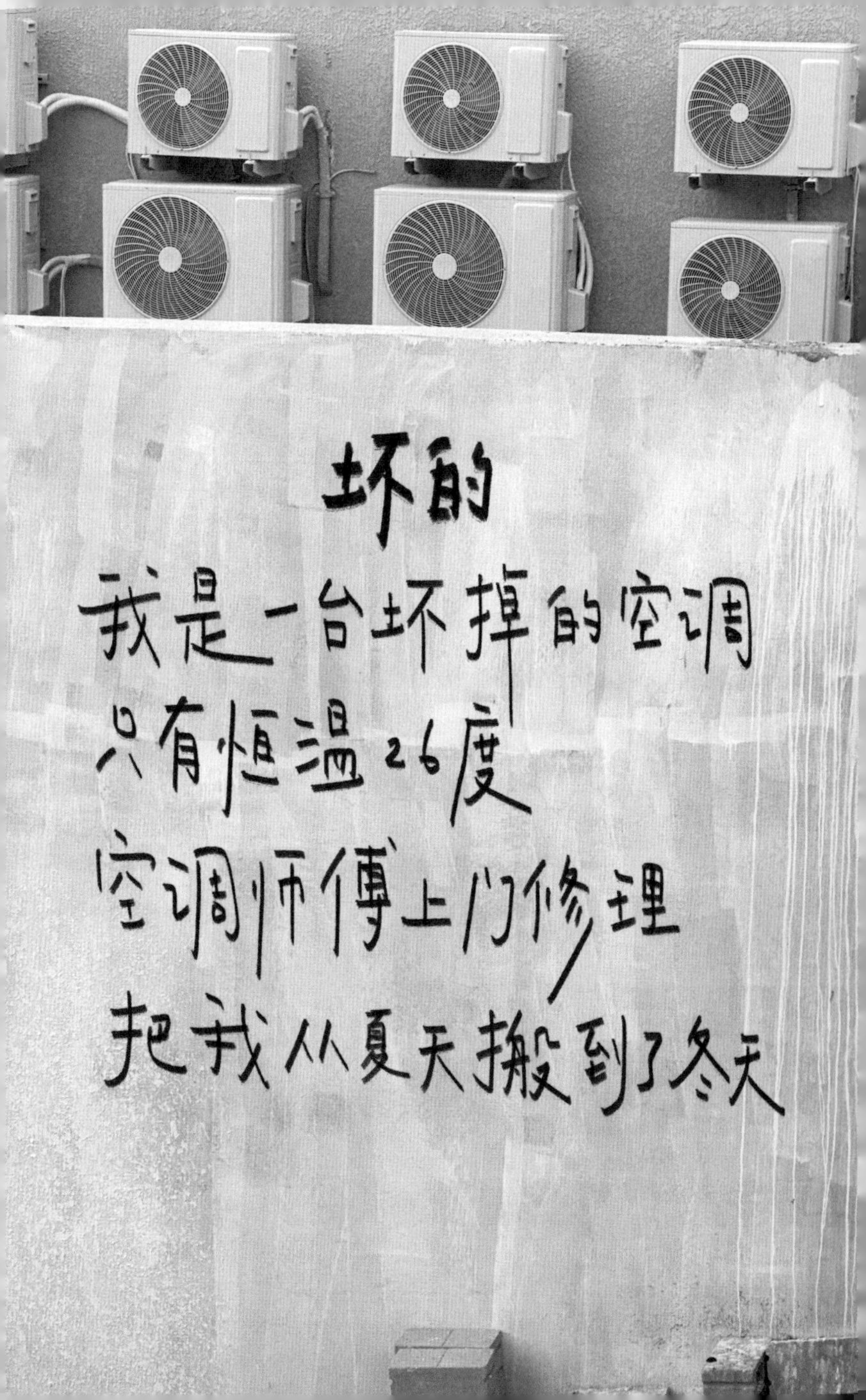
坏的
我是一台坏掉的空调
只有恒温26度
空调师傅上门修理
把我从夏天搬到了冬天

灭火
你在我心中
放了一把火
我用眼泪
浇灭了它

风扇
扇叶把空气
切碎了
才有了风

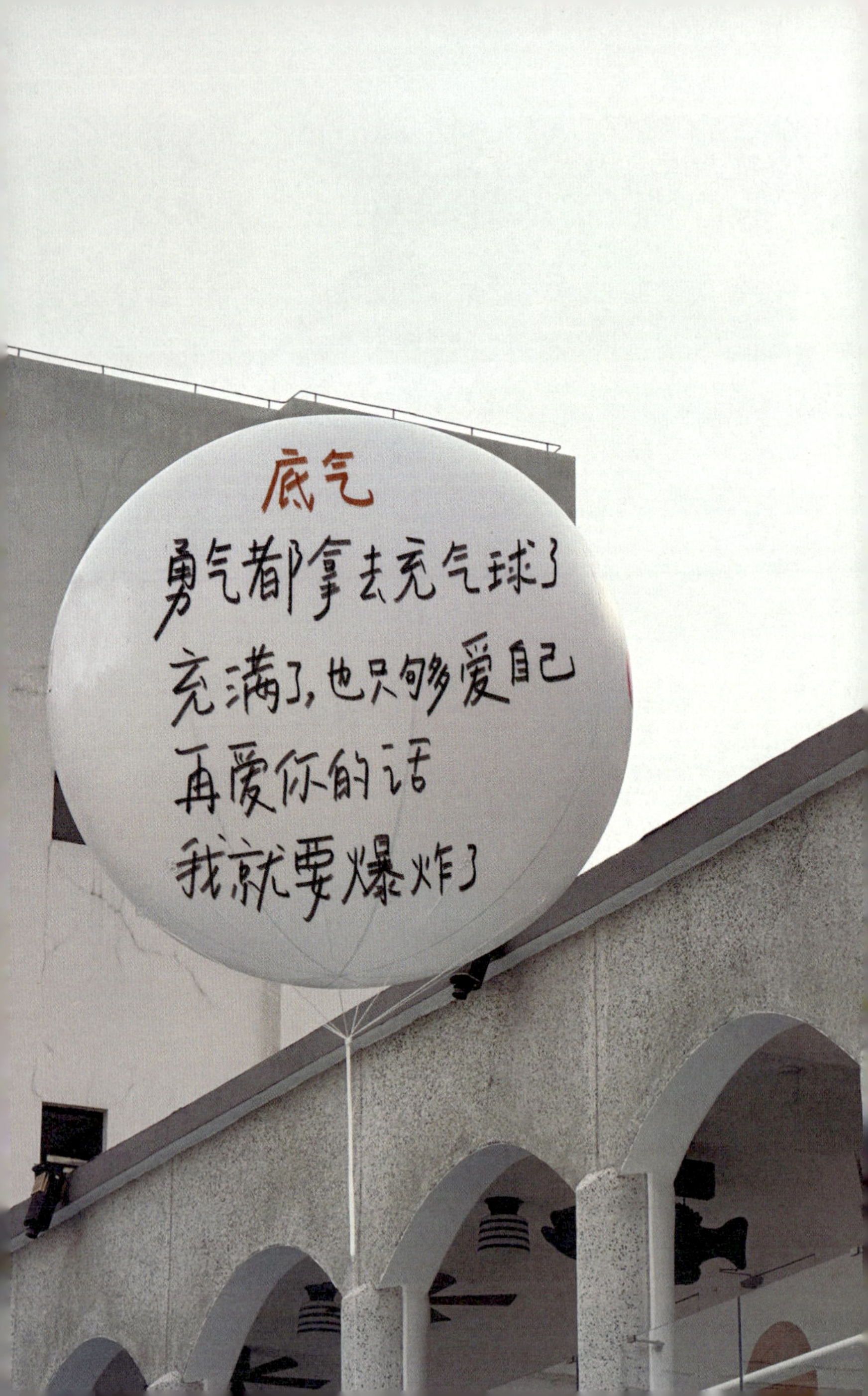
底气
勇气都拿去充气球了
充满了，也只够爱自己
再爱你的话
我就要爆炸了

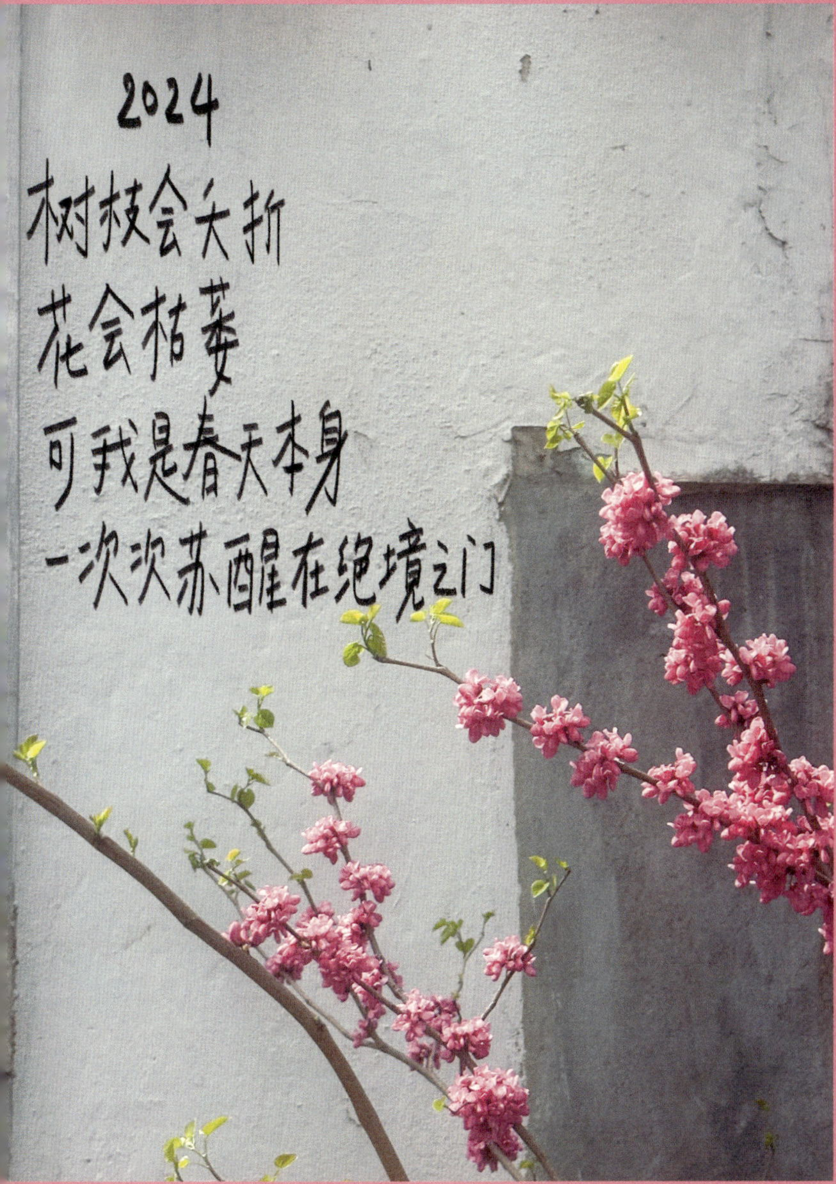
2024
树枝会夭折
花会枯萎
可我是春天本身
一次次苏醒在绝境之门

灯

你发光时

内心一定炙热

你也可以暗下来

冷静地

抵抗太阳

灯
你发光时
内心一定多热
你也可以暗下来
冷静地
抵抗太阳

聊天
没有爱的两个人
总是把天聊死了
而我们把月亮聊死了
把窗台的花也聊死了
许多个早晨
世上只有我们并排活着

聊天

没有爱的两个人

总是把天聊死了

而我们把月亮聊死了

把窗台的花也聊死了

许多个早晨

世上只有我们并排活着

祈祷
水果刀削伤了手
压住伤口就能止痛
有些伤口我找不到在哪儿
只能左手压着右手
双手合十

社恐
灯也有不想发光的时候
当它忽闪忽闪
是和人类接触不良

切片面包
我把时间切成一块块
当作每天的早餐
吃下去
用余生来消化

番茄
小番茄无法长成西红柿
有些人注定是小孩
有些人一辈子都是大人

垃圾桶
我把路边的叶子
塑料瓶、卡片、石头
都捡进口袋
在满是垃圾的世界
我想当个垃圾桶

熵增
活着就是制造垃圾
苹果变成苹果皮
可乐变成塑料瓶
衣服变成抹布
人变成烂人
BUCKET

九月
把过去打包
寄给那些已经离开的人
走到快递站才发现
我并没有他们的新地址
对面收废品的大叔说：
垃圾啊，三毛钱一斤

九月

把过去打包

寄给那些已经离开的人

走到快递站才发现

我并没有他们的新地址

对面收废品的大叔说：

垃圾啊，三毛钱一斤

对峙
我和镜子里的我
永远势均力敌
直到有天镜子碎
我的手受伤了
而它没有

关照
命运，是一面镜子
它必将听从于我

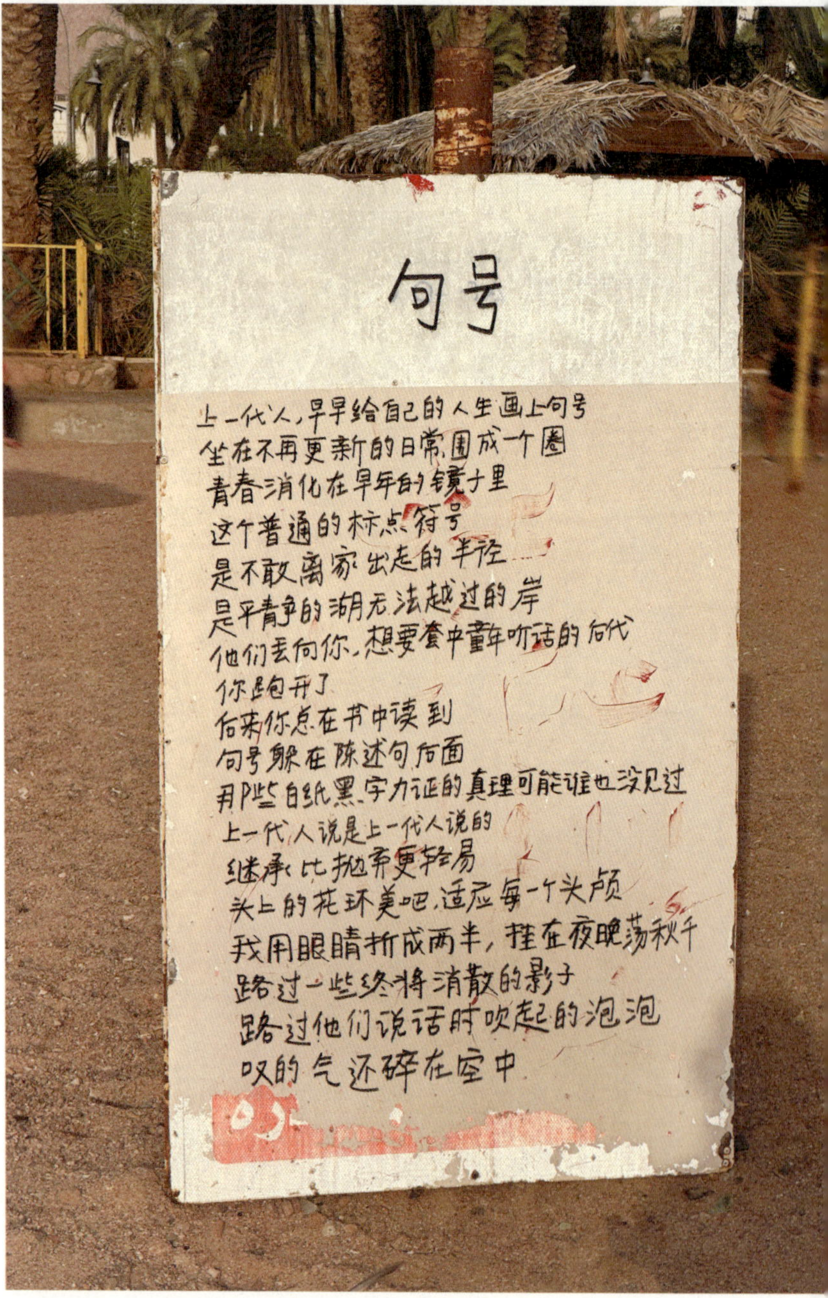
句号
上一代人，早早给自己的人生画上句号
坐在不再更新的日常围成一个圈
青春消化在早年的镜子里
这个普通的标点符号
是不敢离家出走的半径
是平静的湖无法越过的岸
他们丢向你，想要套中童年听话的后代
你跑开了
后来你总在书中读到
句号躲在陈述句后面
那些白纸黑字力证的真理可能谁也没见过
上一代人说是上一代人说的
继承比抛弃更轻易
头上的花环美吧，适应每一个头颅
我用眼睛折成两半，挂在夜晚荡秋千
路过一些终将消散的影子
路过他们说话时吹起的泡泡
叹的气还碎在空中

句号

上一代人，早早给自己的人生画上句号

坐在不再更新的日常，围成一个圈

青春消化在早年的镜子里

这个普通的标点符号

是不敢离家出走的半径

是平静的湖无法越过的岸

他们丢向你，想要套中童年听话的后代

你跑开了

后来你总在书中读到

句号躲在陈述句后面

那些白纸黑字力证的真理可能谁也没见过

上一代人说是上一代人说的

继承比抛弃更轻易

头上的花环美吧，适应每一个头颅

我用眼睛折成两半，挂在夜晚荡秋千

路过一些终将消散的影子

路过他们说话时吹起的泡泡

叹的气还碎在空中

怀疑我，寻找我。我见过的所有，折射的都是我。我，如约和我见面。

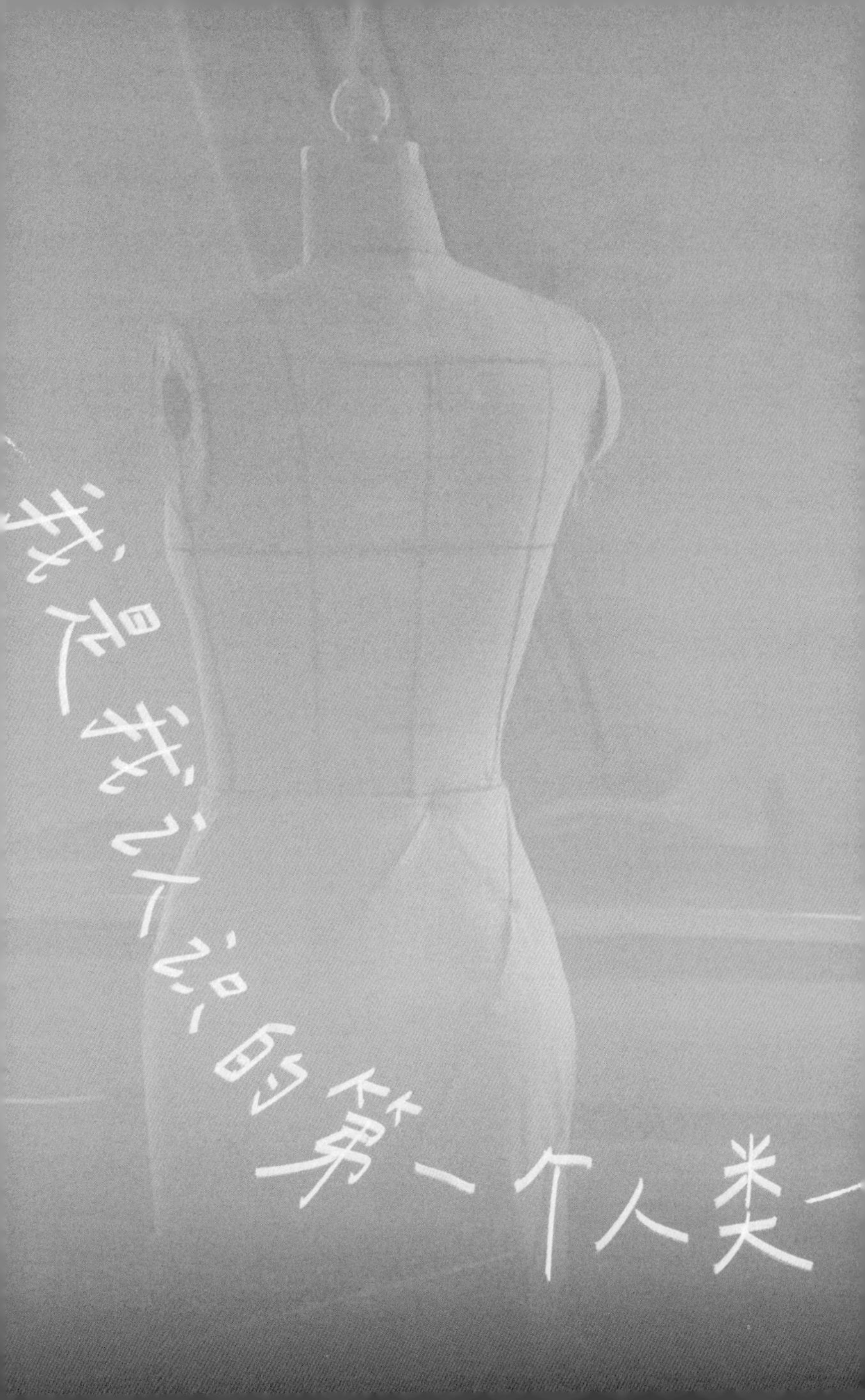
我是我认识的第一个人类—

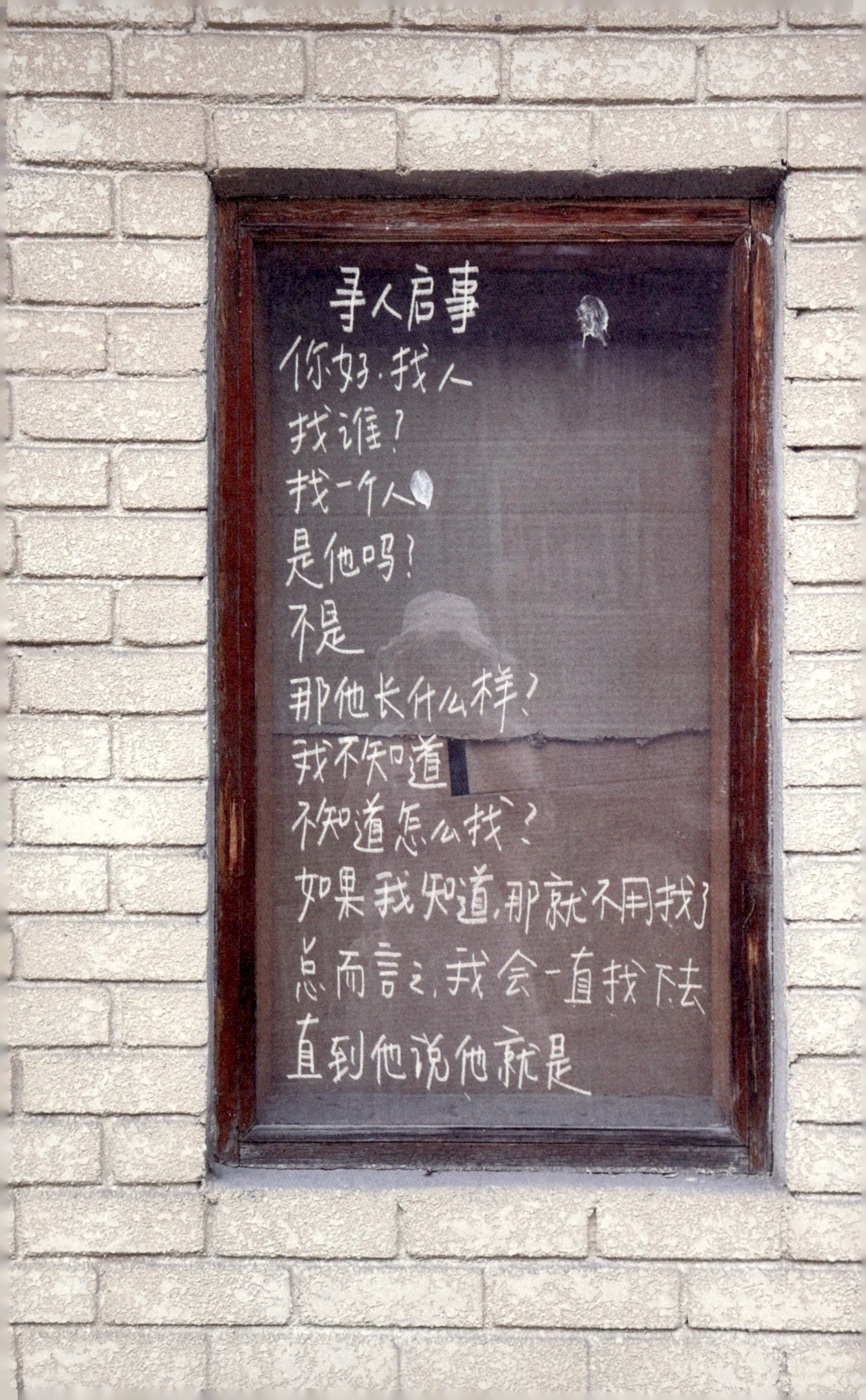
寻人启事
你好.找人
找谁?
找一个人
是他吗?
不是
那他长什么样?
我不知道
不知道怎么找?
如果我知道,那就不用找了
总而言之,我会一直找下去
直到他说他就是

寻人启事

你好，找人

找谁?

找一个人

是他吗?

不是

那他长什么样?

我不知道

不知道怎么找?

如果我知道，那就不用找了

总而言之，我会一直找下去

直到他说他就是

边界
我通过丢石头
来测量和他人的边界
往往砸伤的
是离我很近的人

月亮和太阳
进行一场漫长的复仇
误伤了
第三人称的黑夜
——第二天

阴影
永远站在阴影里的人
会指着你的影子说：
怪物

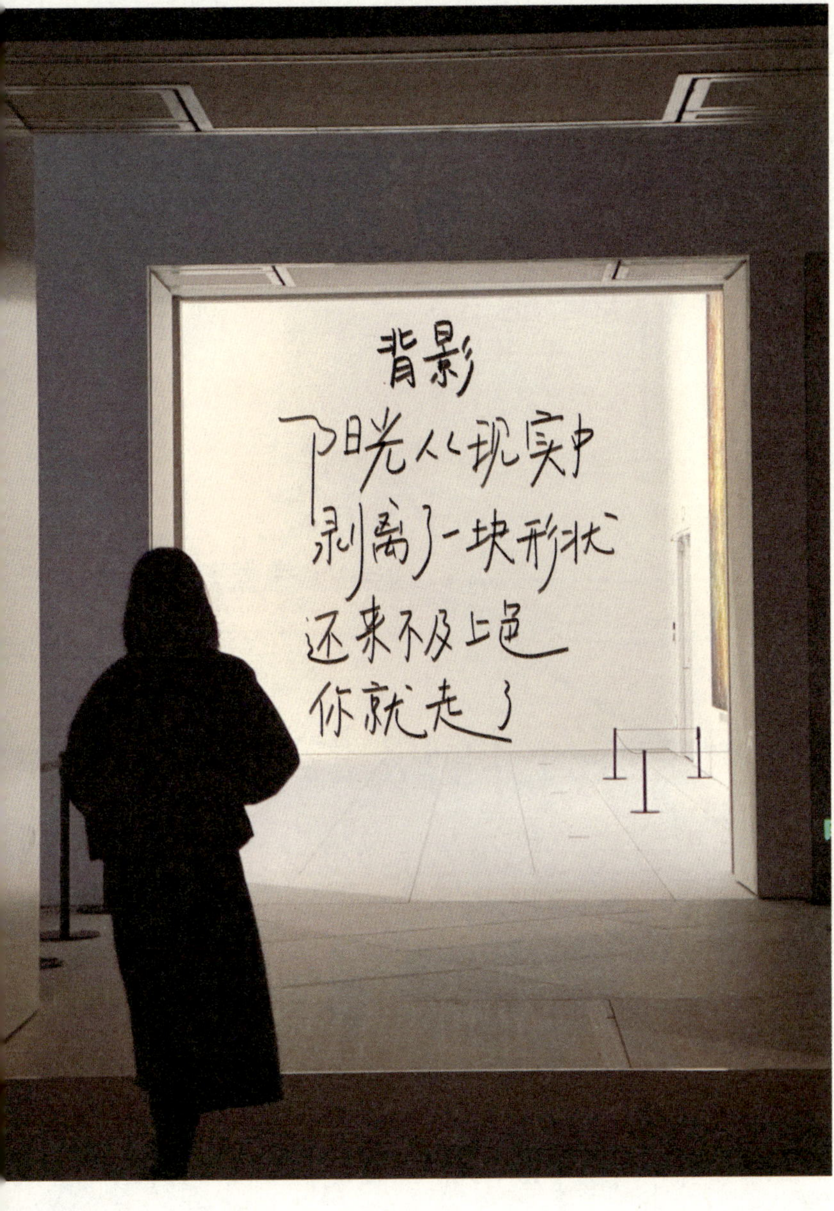
背影
阳光从现实中
剥离了一块形状
还来不及上色
你就走了

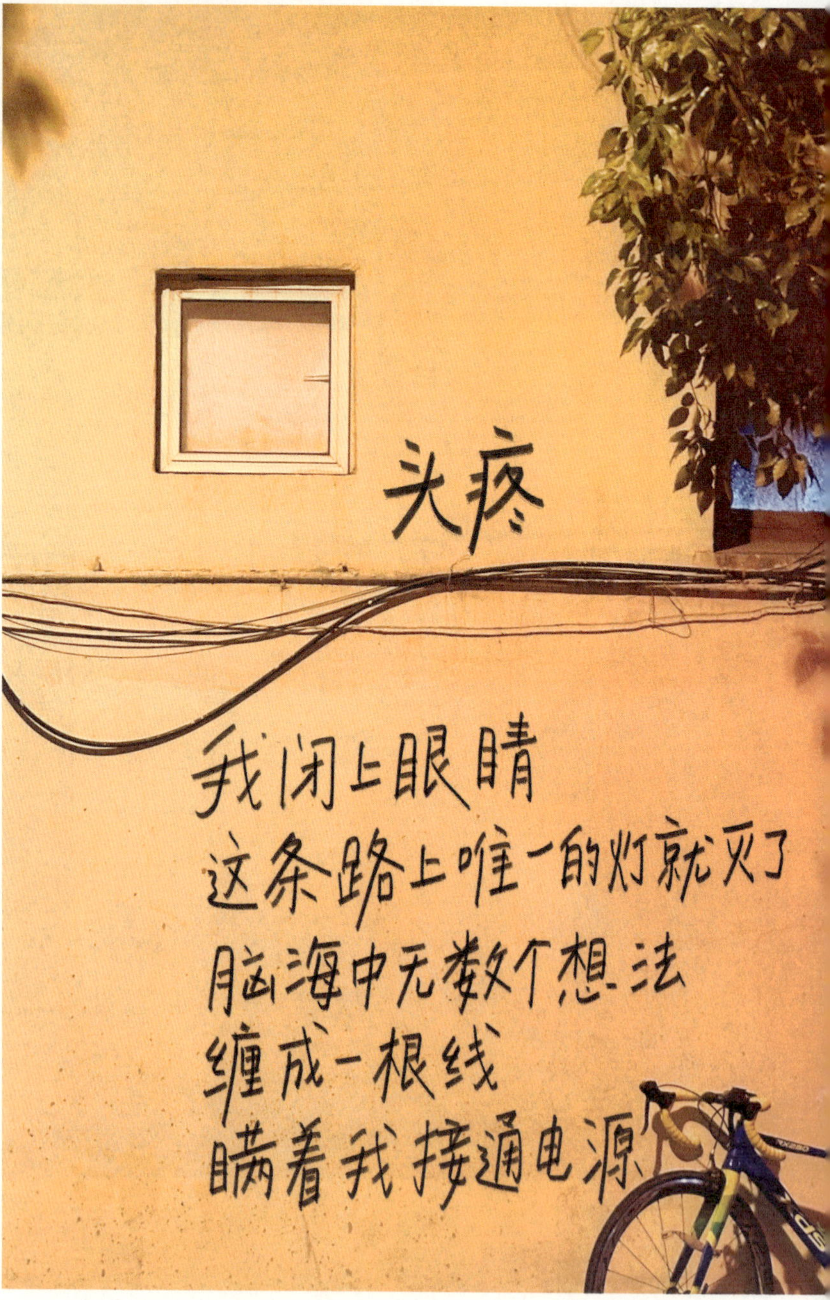
头疼
我闭上眼睛
这条路上唯一的灯就灭了
脑海中无数个想法
缠成一根线
瞒着我接通电源

影
站在光里
影子就会出现
当我身处黑暗
我是影子的影子

圣诞节
苹果，终于卖上了价格
人类咬过一口
爱情第二天就滞销

自足
我伸出一
根手指
朝宇宙
的黑洞
钻木取火
请勿擅动

青色的苔藓
在手上缓慢地编织春天
另一只手随时可以
抚摸这不会开花的命运

结果
所有人都笃定我是西瓜
只有你怀疑
我的心是一颗红苹果

错过
你借个火
又借个过
错过就是
从来沒想要还过

火山
我们沉默着
什么也没有说
一块石头
就从心上滚了下来

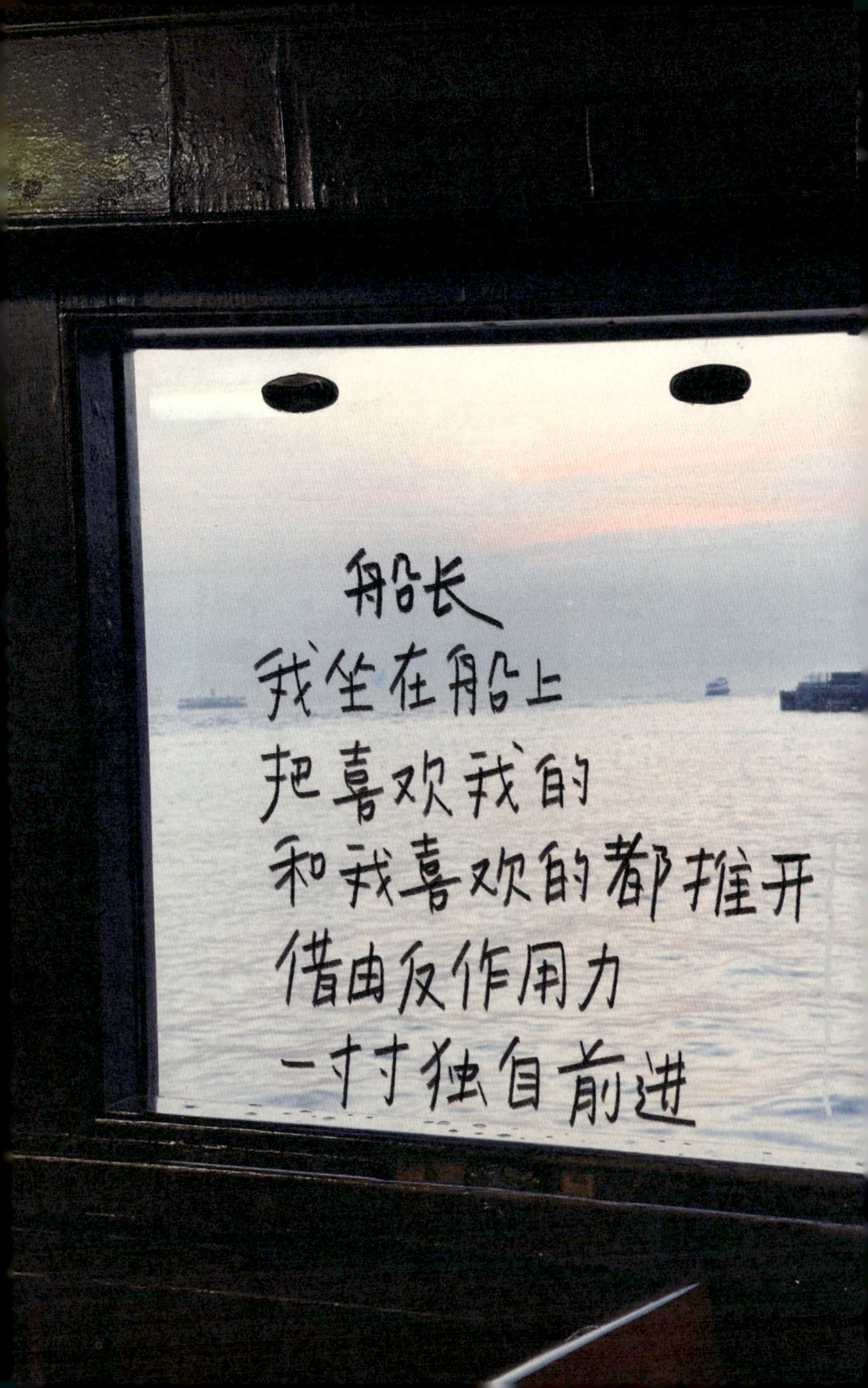
船长
我坐在船上
把喜欢我的
和我喜欢的都推开
借由反作用力
一寸寸独自前进

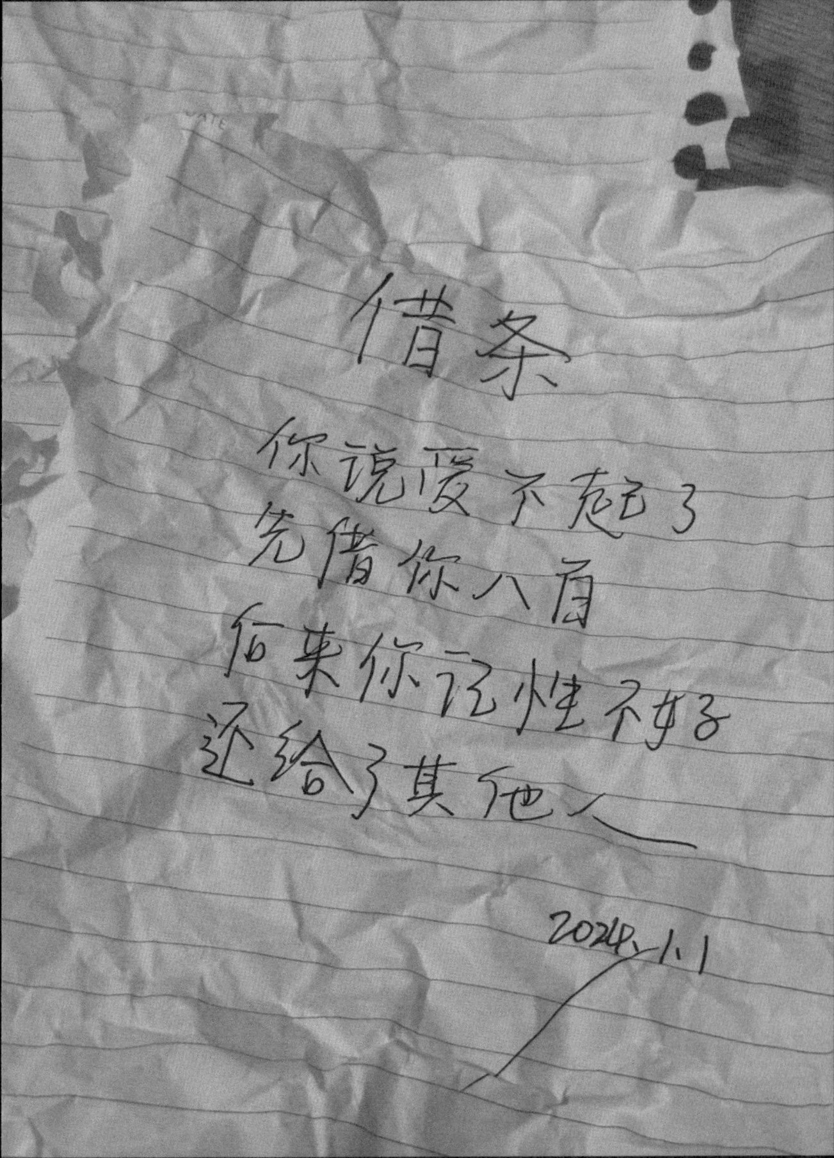
借条
你说爱不起了
先借你八百
后来你记性不好
还给了其他人
2024.1.1

开窗
海在我眼里
定居多年
为了腾出位置给你
不得不流出泪来

平行
我们的肩上
都有一样重的空气

不倒翁
看似风雨飘摇的你
内心有一把伞在撑

树人
我的
脑子
里长了
一棵树，
我每思考
一下，
世界就
多了一片
叶子

年轮之舞
拥抱
是一双手
在一个身体
长出年轮
一圈又
一圈，
我们
开始
跳舞

年轮之舞

拥抱是一双手

在一个身体长出年轮

一圈又一圈，

我们开始跳舞

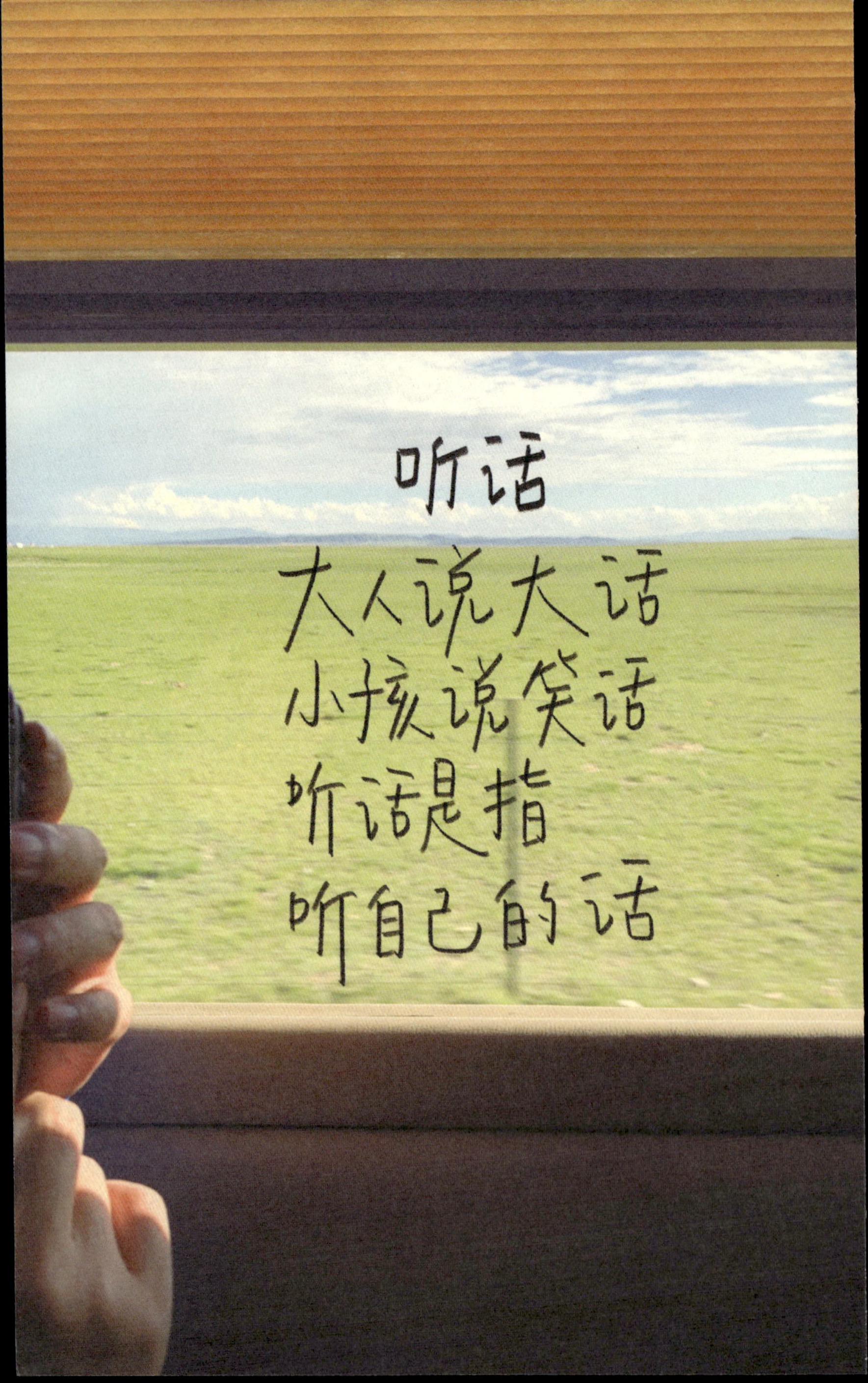
听话
大人说大话
小孩说笑话
听话是指
听自己的话

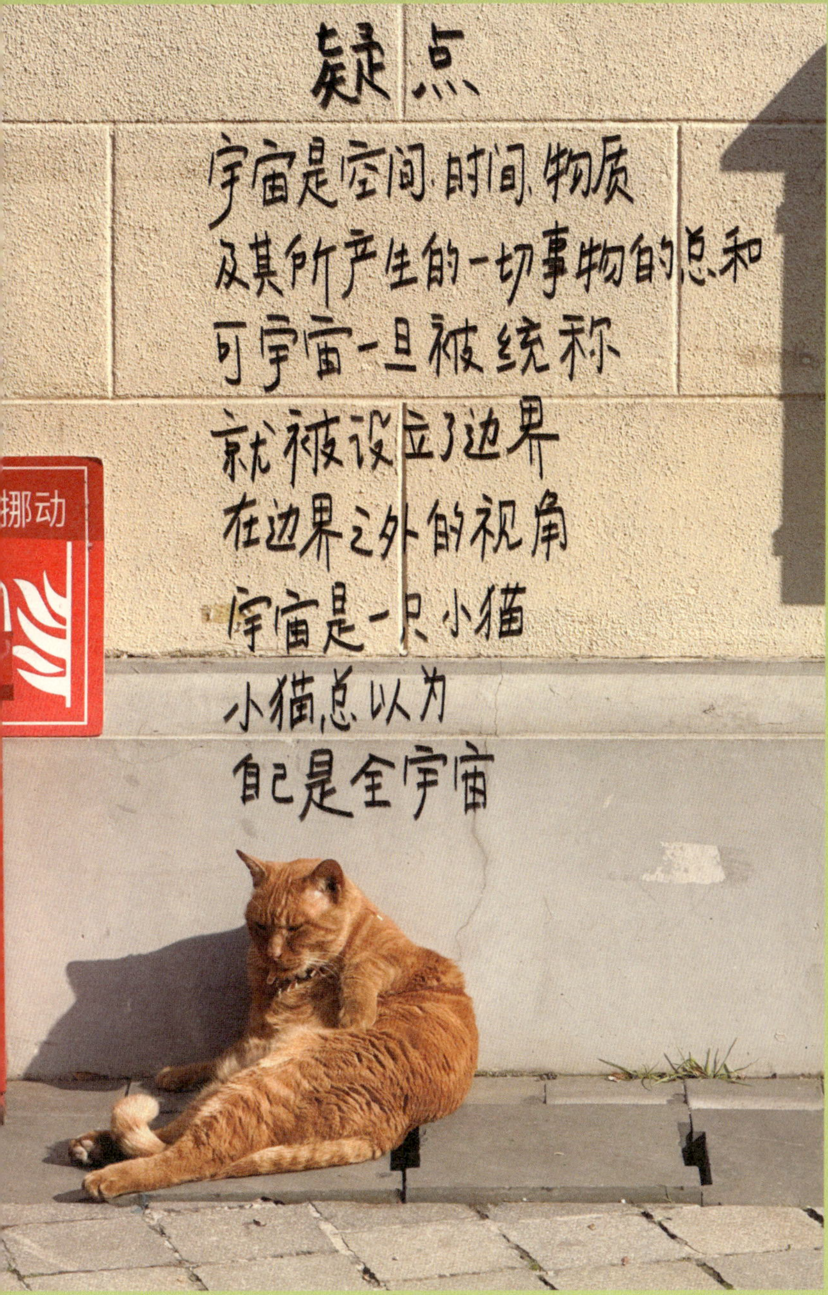
疑点
宇宙是空间、时间、物质
及其所产生的一切事物的总和
可宇宙一旦被统称
就被设立了边界
在边界之外的视角
宇宙是一只小猫
小猫总以为
自己是全宇宙
挪动

重逢
流浪狗跑进
被废弃的房子里
终于找到彼此的家
决定装修上个世纪的月亮

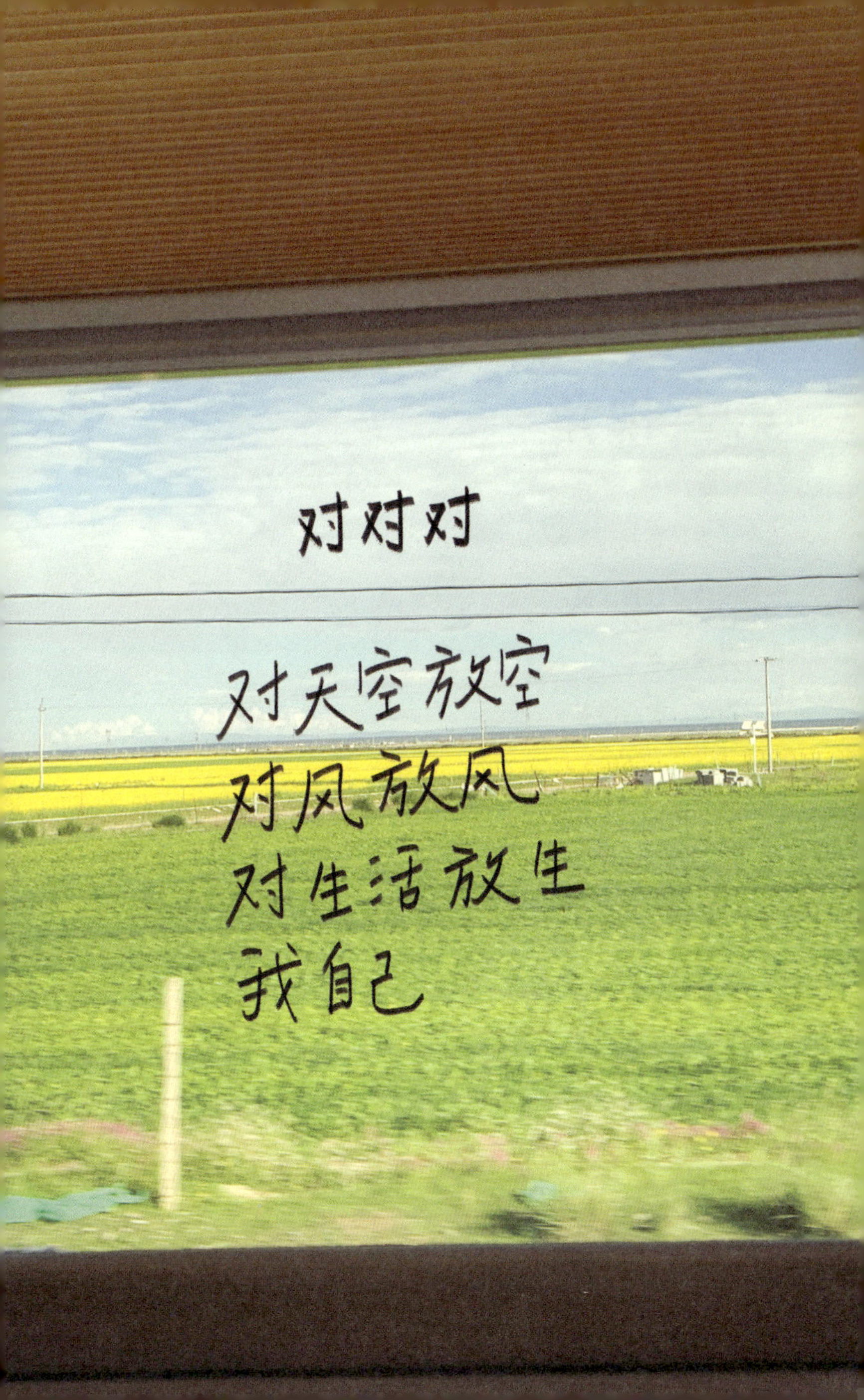
对对对
对天空放空
对风放风
对生活放生
我自己

第三视角

这个世界只有我一个人

我的眼睛是台摄像机

我看着我出生

赤身裸体，学会穿衣

练习说话，开始骗人

我看着我们碰到一起

又弹开，像一颗玻璃球

心碎得美丽

我看着我的世界

建造又瓦解，我看着

某个夜晚，某个人家里

一台电视机

正播放我一生的表演

第三视角
这个世界只有我一个人
我的眼睛是台摄像机
我看着我出生
赤身裸体，学会穿衣
练习说话，开始骗人
我看着我们碰到一起
又弹开，像一颗玻璃球
心碎得美丽
我看着我的世界
建造又瓦解，我看着
某个夜晚，某个人家里
一台电视机
正播放我一生的表演

水源

先造了生命的岸

又流淌逝去的河

童年使我溺水

又解我一生的渴

水源
先造了生命的岸
又流淌逝去的河
童年使我溺水
又解我一生的渴

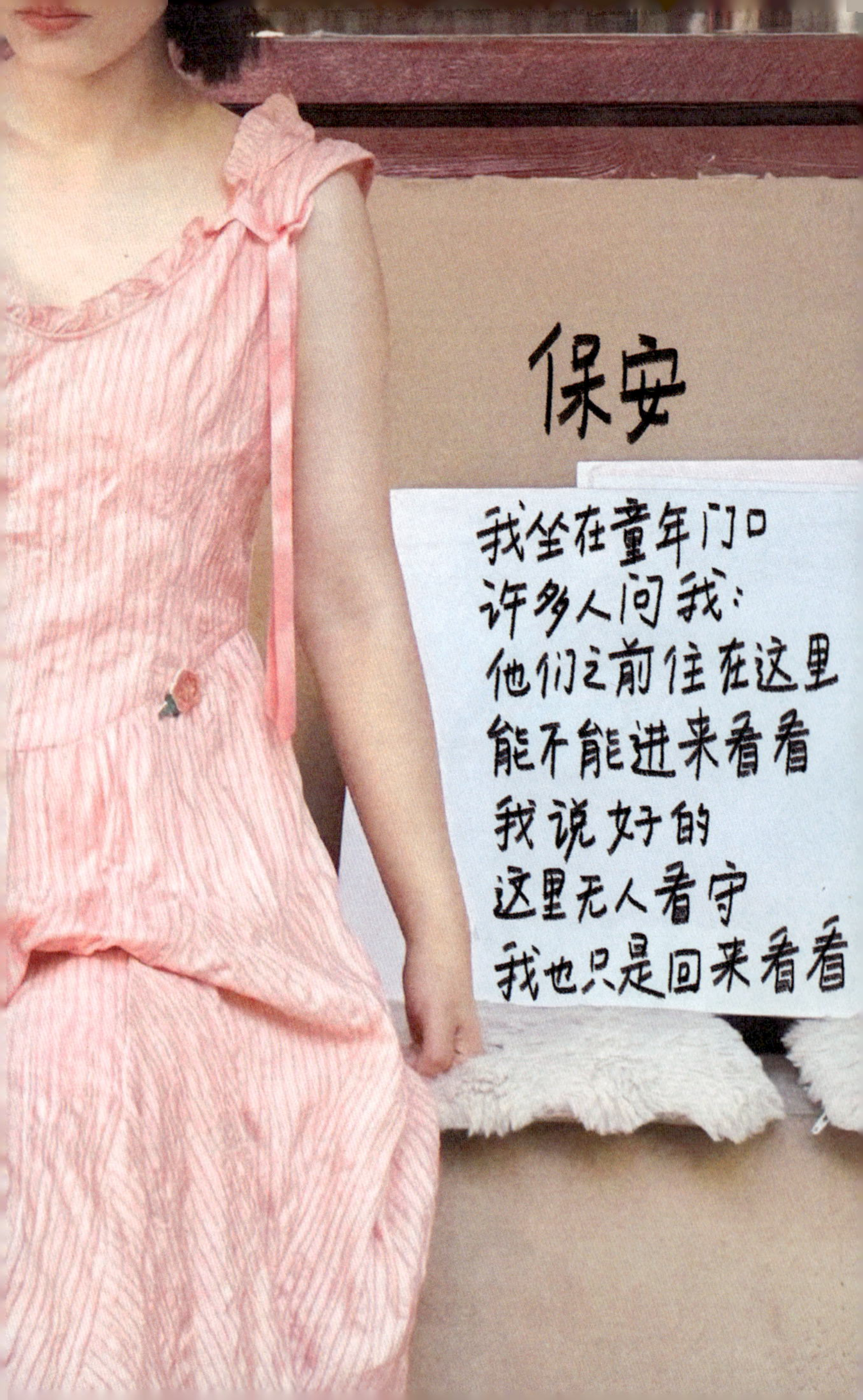
保安
我坐在童年门口
许多人问我：
他们之前住在这里
能不能进来看看
我说好的
这里无人看守
我也只是回来看看

放大镜
蚂蚁是搬家的大象
伤口是裂谷
眼睛比喻成湖泊
你放大我 所有缺点
唯独不能把我放大为众人

本质
美丽的东西
人人都想保护它
才变得危险

本质

美丽的东西

人人都想保护它

才变得危险

3
刽子手
早上认识了一棵
孤独的树
晚上它变成篝火
我没有斧头
大手一挥
砍出火星子

再次经过你
平行世界
只是刚好转弯而已
没有一条路
值得我走两次

我在纸上画了一条
弯弯曲曲的线
眼睛使它成为一条蛇
耳朵使它穿过草丛
发出窸窣的声音
鼻子使它衰老、腐败
恐惧的气息
我从没见过蛇
却怕了它很多年

蛇

我在纸上画了一条

弯弯曲曲的线

眼睛使它成为一条蛇

耳朵使它穿过草丛

发出窸窣的声音

鼻子使它衰老、腐败

恐惧的气息

我从没见过蛇

却怕了它很多年

抬头
朋友，请向上看
脸是最后的山顶
别哭，眼泪
不许在下巴坠崖

不再问观音

我的心是一个花瓶
装上水，花开得很好
时间久了，花渐渐枯萎
有一天花瓶终于碎了
我不再需要观音
手捧花瓶，帮我活在圣洁的假象
我是我的女娲
满脸是土
还捏出自己的形状

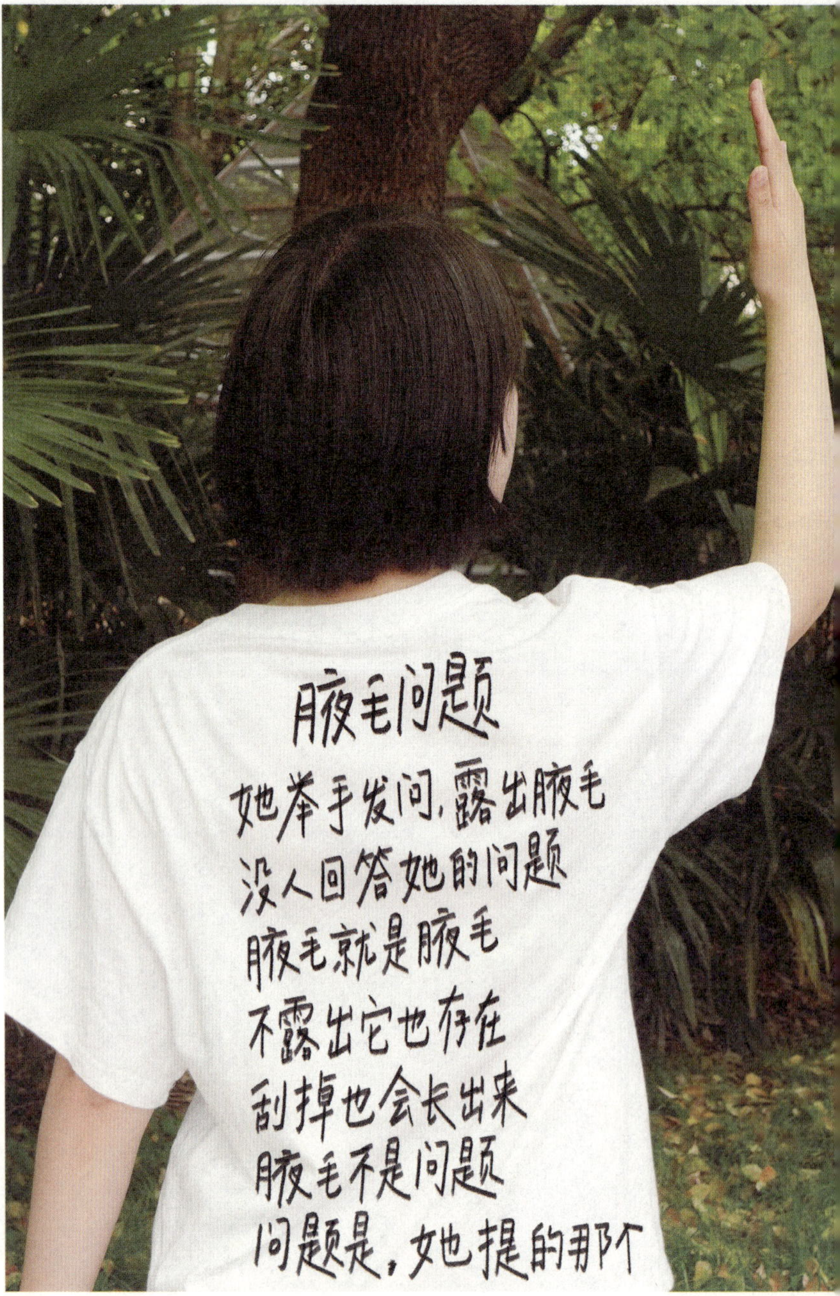
腋毛问题
她举手发问，露出腋毛
没人回答她的问题
腋毛就是腋毛
不露出它也存在
刮掉也会长出来
腋毛不是问题
问题是，她提的那个

腋毛问题

她举手发问，露出腋毛

没人回答她的问题

腋毛就是腋毛

不露出它也存在

刮掉也会长出来

腋毛不是问题

问题是，她提的那个

繁殖
明天复制今天
文字抄袭语言
左手拍打右手
生命繁殖无辜的生命
我从宇宙之中把自己带走
用星星的眼睛目睹一切
它们全部堆在一起
也不过是一小段时间的后遗症
是一小粒尘埃和一阵风的结合体
是一个平凡的孩子问妈妈
这个词怎么念

繁殖

明天复制今天

文字抄袭语言

左手拍打右手

生命繁殖无辜的生命

我从宇宙之中把自己带走

用星星的眼睛目睹一切

它们全部堆在一起

也不过是一小段时间的后遗症

是一小粒尘埃和一阵风的结合体

是一个平凡的孩子问妈妈

这个词怎么念

痛经
宇宙以我的小腹为起点
一分为二
子宫将血液割让给纸
心脏留守呼吸权
疼，正式成为外星人的方言
我躺在床上毁灭一切
捂着，不让人发现

痛经

宇宙以我的小腹为起点

一分为二

子宫将血液割让给纸

心脏留守呼吸权

疼，正式成为外星人的方言

我躺在床上毁灭一切

捂着，不让人发现

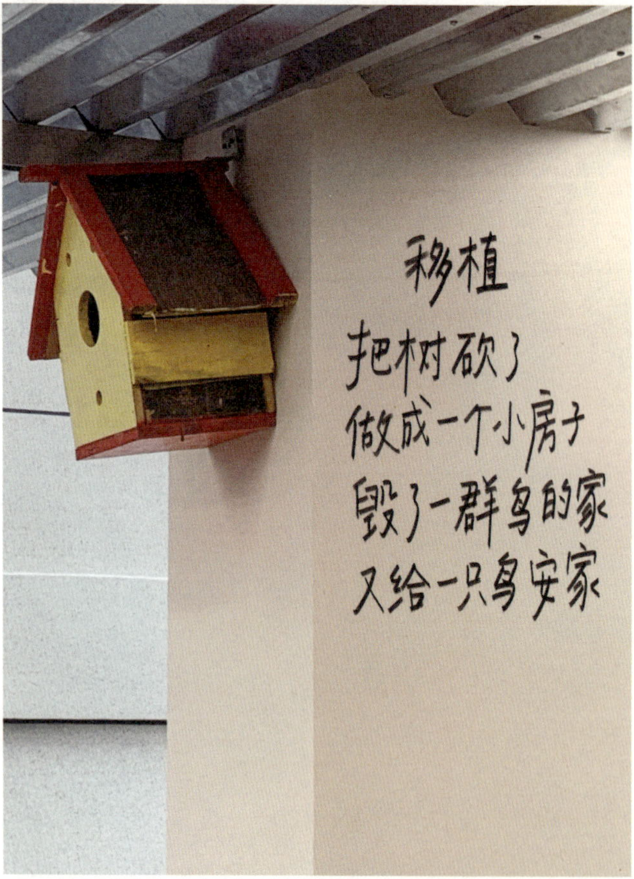
移植
把树砍了
做成一个小房子
毁了一群鸟的家
又给一只鸟安家

肚脐

我按了几下肚脐
就接通了妈妈的电话
她说：
一起出去玩吧？
世界未必有鲜花
你也不用太听话

子宫是最小的房间

我搬过许多家

回不去的是子宫

那里不用交房租

一日三餐有人提供

可是妈妈

十个月比十年更久

走在陆地上的我

还会怀念游泳

子宫是最小的房间
我搬过许多家
回不去的是子宫
那里不用交房租
一日三餐有人提供
可是妈妈
十个月比十年更久
走在陆地上的我
还会怀念游泳

我是我童年的水果刀

童年不会用水果刀
削梨，削掉了手指的一角
伤口到现在都还没好
那新生长的一角，背离手指的向心力
划分为一块唐突的新大陆
我只好在这里种下一朵花和一片草
成年世界的真相
是掩盖了，就当作无事发生
这里重复一个绝望的黄昏
也足够一只萤火虫落脚
许多人到此瞻仰奇观
皮肤模仿麻木，土地没有痛觉
我至今都不会用水果刀
童年的伤口，到现在都还没好
我试图用金钱、爱情和名声一针针缝补
每一针都更深一点
直到伤口长成一颗梨的形状
我甘心，做我永远的医生和刽子手

我是我童年的水果刀

童年，不会用水果刀

削梨，削掉了手指的一角

伤口到现在都还没好

那新生长的一角，背离手指的向心力

划分为一块唐突的新大陆

我只好在这里种下一朵花和一片草

成年世界的真相

是掩盖了，就当作无事发生

这里重复一个绝望的黄昏

也足够一只萤火虫落脚

许多人到此瞻仰奇观

皮肤模仿麻木，土地没有痛觉

我至今都不会用水果刀

童年的伤口，到现在都还没好

我试图用金钱、爱情和名声一针针缝补

每一针都更深一点

直到伤口长成一颗梨的形状

我甘心，做我永远的医生和刽子手

设计师
当有人用目光测量你的羞耻
请剪掉这残余的线头
我们几经缝补
才拥有合身的自我
不必再聘请
老派的设计师

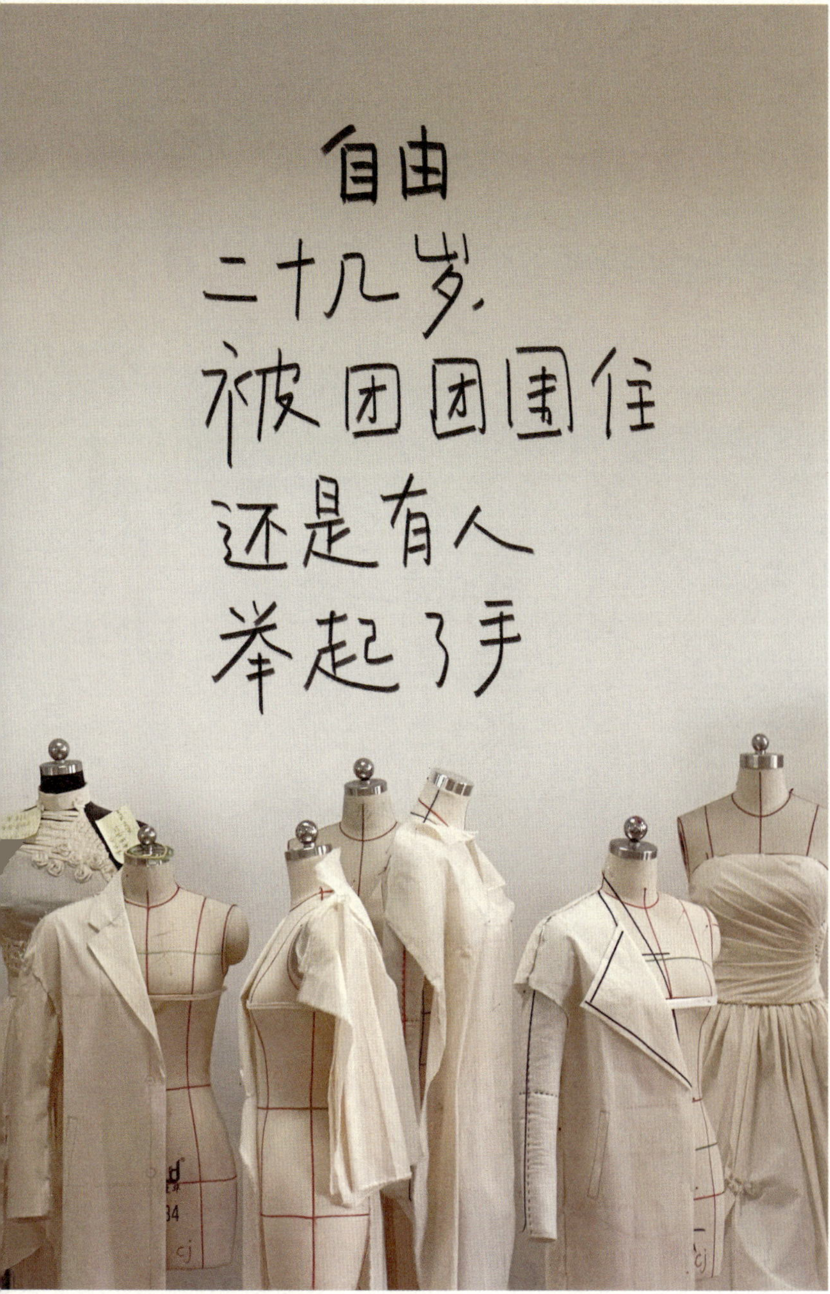
自由
二十几岁
被团团围住
还是有人
举起了手

自我
自我有十二笔
有人要写十秒钟
有人要花十年
只有你真的去写
才会知道
自我比我说的
多一笔

自我

自我有十二笔

有人要写十秒钟

有人要花十年

只有你真的去写

才会知道

自我比我说的

多一笔

图书在版编目（CIP）数据

带着诗歌上街去 / 隔花人著. -- 杭州 : 浙江人民出版社, 2024. 9. -- ISBN 978-7-213-11620-9

Ⅰ. I227; J421

中国国家版本馆CIP数据核字第2024FF5250号

带着诗歌上街去

DAIZHE SHIGE SHANG JIE QU

隔花人　著

出版发行	浙江人民出版社（杭州市拱墅区环城北路177号 邮编310000）
责任编辑	徐　婷
助理编辑	孙怡婷
责任校对	杨　帆
封面设计	大　饼
印　　刷	雅迪云印（天津）科技有限公司
开　　本	787毫米×1092毫米　1/32
印　　张	7
字　　数	80千字
版　　次	2024年9月第1版
印　　次	2024年9月第1次印刷
书　　号	ISBN 978-7-213-11620-9
定　　价	55.00元

如发现印装质量问题，影响阅读，请与市场部联系调换。

质量投诉电话：010-82069336